D1394883

OPTRIUWE EN ÔFBLIUWE

Wieke de Haan

Optriuwe en ôfbliuwe

Ferhaleboek foar froulju

Bornmeer | Ljouwert 2005

Dizze útjefte is ta stân kommen mei stipe fan de provinsje Fryslân

Earste printinge septimber 2005
Twadde printinge oktober 2005

NUR 312
ISBN 90 5615 111 8

Foto Wieke de Haan: Reyer Boxem, Ezinge
Korreksje: Baukje Westra, Lollum
Foarmjouwing omslach: Barbara Jonkers, Ljouwert
Setwurk: Bornmeer
Printwurk: Giethoorn ten Brink bv, Meppel

www.bornmeer.nl

Ynhâld

Skytskjin

It leafst die Frida de boadskippen mei weismytmofkes oan, mar dat doarde se net. Al hoe fiis at se der ek fan wie dat elkenien der mei de hannen oansitten hie, se moast har wearze oerwinne en de boadskippen sa, mei de bleate hannen, pakke en yn de winkelkarre lizze. No en dan slokkend om it opkommend soerbrânen tsjin te hâlden, socht se de boadskippen byinoar, sei it heechnedige tsjin de man achter de kassa, en betelle. Doe pakte se de boadskippen út de karre en die se yn twa boadskiptassen, ien fan read en ien fan swart laklear. Se plante de tassen elk yn in fytstas en reesde nei hûs ta. Gau de doar fan 't slot en ... einlings hanwaskje.

Minutenlang liet se de kraan rinne, wylst se har hannen mei antyseptyske sjippe wosk. It koste har twa sjippedispensers wyks, al dat hanwaskjen. Doe luts se in pear weismytmofkes oan, hold in skjin oanrjochtdoekje ûnder de kraan, wrong it út en lei it klear op it oanrjocht. Ien foar ien pakte se de boadskippen út 'e tas en naam se ôf mei it oanrjochtdoekje. Se droege alles wer ôf mei in skjinne teedoek en sette elk artikel kreas teplak yn 'e kast, op in planke yn 'e bykeuken of yn 'e kuolkast.

De boadskippen dy't yn 'e friezer moasten, foarmen in probleem. As se dy ôfnaam mei in wiet doekje frear dat der oan fêst. Se rekkene mar dat de basillen troch de lege temperatuer wol út harsels deagean soene. Doe himmele se de beide boadskiptassen fan binnen en fan bûten en strûpte de mofkes út.

Hè, hie se no it oanrjocht al ôffage? Dêr hie se it pakje tee en it pak kofje even delset doe't de telefoan gien wie. Fersteurd pakte se in nij oanrjochtdoekje, hold it ûnder de kraan, knypte it út en joech der in feech mei oer it oanrjocht. De kraan ek noch mar even ôfnimme, want dêr hie se ek mei har winkelhannen oansitten. O ja, de bûtendoarkruk ek noch even, en de doar nei de bykeuken moast se ek net ferjitte.

Hie se no oeral oan tocht? Nee, de knopen fan har jas hie se noch net dien. De jas hong al mei de knopen tsjin oare jassen oan. Gelokkich hie se de swiere winterjas yn in hoes dien, dat wie net sa slim. Mar it moast wol dien wurde.

Dat koe net sûnder mofkes. Hastich strûpte se wer in pear nije mofkes oan, krige in skjin oanrjochtdoekje út 'e kast, die der wetter op en naam de knopen ôf. Dêrnei de jassen dy't yn kontakt west hiene mei de knopen. Allegear rein- of lakjassen, dy't wol oer wetter koene, want oars soe it net bêst wêze, dan koe se se alle dagen wol útwaskje.

Ynienen kaam har yn 't sin dat se de fytstassen ek noch net úthimmele hie. Koe dat noch mei itselde doekje? Nee, dat koe net. Se hold wer in skjin doekje ûnder de

8

kraan en gie nei de garaazje dêr't se de fyts delset hie. Doe't de fytstassen fan binnen en fan bûten himmele wiene, fûn se dat de hânfetten fan 'e fyts ek noch moasten. Dêr hie se ommers mei har fize boadskiphannen oansitten. It idee allinne al soarge derfoar dat se allegear fisioenen fan baktearjelegers krige.

Frida stode wer yn 'e hûs en pakte opnij in skjin doekje. Yn 'e garaazje poetste se op de hânfetten om as soe har libben derfan ôfhingje. Sa, har fyts wie wer klear.

Har mage wie noch altiten net yn oarder. Omdat se fêst iten der net yn hâlde koe, besleat se om wat brij te meitsjen. Dat hie se yn gjin jierren hân, mar miskyn bea dat útkomst, dan koe har oerstjoere mage wat saksearje. Doekje oer de kuolkastdoar, doekje oer it pak molke. Stâlpantsje omspiele mei wetter, ôfdroegje mei in skjinne teedoek, gasknop omdraaie, pit oanstekke, pantsje derop, molke deryn. Gasknop ôfnimme mei in wietmakke doekje en dan it pak Brinta pakke.

Seach se dêr taasten op it pak? Gau pakte se in doekje en helle dat oer de bûtenkant hinne. Se krige in djippe itenspanne út 'e kast, sette dy op 'e tafel en geat de hite molke deryn. Rimpen klaude se in foarke út it laad en struide de tarweflokken yn 'e molke. Wat wie dat? Wat wrimele dêr? Hie se wat oerslein? Koartsachtich gie se har hannelingen bydel: dit hie se skjinmakke, dat hie se himmele ... Untset seach se lytse bistjes rûnswimmen yn de hite molke. Guont klommen by de râne fan 'e panne op om in feilich hinnekommen te sykjen. Frida wist net mear wat se earst of lêst dwaan soe.

En wat wie se dochs yninen mislik. In waarme stream fleach har yn ien kear út 'e mage wei omheech en gjalpte oer de panne Brinta. Alles siet derûnder, it koe hast net mâlder. Se stode nei boppen nei de oerloopkast. Dêr moast se noch wat stikkenknipte moltons ha, dy't se as mânske dweilen brûke kinne soe. De bisten soene har net te pakken krije, sy soe der mei ôfweve.

Nei't se de grutste needdweil oer de hiele brut hinne smiten hie, die se de lêsbril op en seach nei de datum op 'e boppekant fan it pak: mear as twa jier oer datum. Se betocht har net in tel, grypte de hiele Brinta-bisteboel by kop en kont en dondere alles bûten yn 'e kontener. It board fan it servys en in leppel en foarke fan har prachtige messing itensark wienen der ek by ynkaam, mar dat wie dan mar sa. Fuort moast it, útroege.

Mei in klap smiet se it lid ticht. Mar gau der wer achteroan mei in lytsere dweil dy't earst goed yn it lysolwetter moast. Dêrnei koe dyselde dweil dan ek wol yn 'e kontener, want dy koe net heal wer yn ien fan har goudskjinne amers.

Men wie skytskjin, of men wie it net.

Beropsgeheim

De frouljusdokter yn it sikehûs hie har yndertiid it spi-raaltsje earst net iens jaan wold: dat wie wat foar trou-de froulju, of leaver: foar froulju dy't al in pear bern hiene. Foar har wiene der wol oare mooglikheden. Op 't lêst wie er dochs omlizzen gien foar har argumintaasje tsjin alle hormoanetroep. Mei de pil wisten je ommers mar noait hoe't dat op 'e lange duer útpakke soe, en boppedat hold se graach de regy oer har lichem.

Hy hie mar wat stom mei de holle knikt. Mar resultaat wie wol dat sy lizzen gean koe om it "kleinood" yn-plante te krijen. In lyts metalen spiraaltsje yn de foarm fan in seine, dy't alle siedsjes lytsman meitsje soe.

Se hie in kramperich gefoel neitiid en wie sa mislik as in kat. Doe't de earste menstruaasje kaam, gie it der al-derheislikst om wei. Se strompele rûngear fan de pine troch de keamer en wie der oardel wike mei besteld. Wie de frijeraasje dit allegear wol wurdich? Lang hoegde se dêr net oer nei te tinken, want har doetiidske relaasje rûn op 'e non. Dat kaam dan moai út, dan koe har anty-poppedinkje der ek wer út. Se doarde der net sels oan te lûken, want se woe it dêr binnenyn net skansearje.

De oare deis gie se nei de húsarts. Har âlde, want se wie in pear dagen by har heit en mem thús om út te gûlen. De húsarts treau in kâlde metalen einebek yn har op, sette der in ynspeksjelampe by en gie doe op ûndersyk út. It die har ferhipte sear doe't de man it meanmasyntsje derút avensearre. De man sei dat se it earst mar ris rêstich oan dwaan moast. Dat kaam moai út, se wie neat oars fan doel.

Twa dagen letter belle har mem. Se fertelde dat de dokter har opbelle hie en it fermoeden oppere hie dat har dochter in abortus ûndergien hie, omdat de baarmoederhals sa raffelich wie! Har mem wie der hielendal raar fan en hie mar gau in ein oan it petear makke.
Se koe har mem gerêststelle en daliks fertelle dat it net wier wie, mar dat dat rotding fan 't begjin ôf oan al gjin súkses west hie en dat har lichem it 'lichemsfrjemde elemint' der no sels útwrotte wollen hie.
Doe't se oplein hie, besaude se har deroer dat dy dokter him net oan syn beropsgeheim hâlden hie. Wêrom hie er har net gewoan frege, at er dat fermoeden hie? Wat in achterbaks misbaksel.
Wat langer at se deroan tocht wat mear de prakkesaasjes oer har mislearre relaasje nei de eftergrûn ferdwûnen. Dat wie dan in gelok by in ûngelok.
Se siet fol fjoer om dy smoarge dokter ris even it mannewaar op te sizzen. Se woe him wol in baltsje ôfdraaie, dy smoarge rotkeardel, hoe doarde er. Mar hoe? Se koe de man dochs min yn 't echt ien fan de baltsjes ôfdraaie?

Doe't se letter dy deis in fiks ein om gie te kuierjen, hie se in plan betocht. Se tekene in finjet fan in net besteand ûndersyksburo en scande dat yn op 'e kompjûter. Doe stelde se in kreaze brief op dêr't se it finjetsje by plakte. It like no krekt offisjeel brievepapier.

It kaam der op del dat har húsdokter út hûnderten húsdokters as regio-arts selektearre wie troch it foaroansteand medysk ûndersyksburo SH-connections om mei te dwaan oan in ûndersyk dat noch yn 'e berneskuon stie, mar hiel gau trochbrekke soe op 'e medyske merk. De ôfkoarting SH stie foar 'seineharjen', mar dat hoegde se him net wiis te meitsjen.

Hy koe reagearje op it folgjende mobile nûmer. Har nûmer. Him kinnende soe er sa idel wol wêze en belje op. En dat die er. Lokkich hie se syn nûmer yn it ûnthâld printe, sadat se daliks yn 'e rekken hie wa't belle, doe't de sifers op har skermke opljochten.

It dokterke ynformearre nei de aard fan it ûndersyk. Doe't er hearde dat der in konsulinte komme soe en dat it hiele ûndersyk yn tsien minuten beslikke wêze soe, hapte er ta. Hy woe gjin wichtich wittenskiplik ûndersyk wegerje, sei er. Sa kwânskwiis ferdútste se him dat der ek in lyts lichaamlik ûndersykje mei anneks wie.

It waard even stil oan de oare kant. Soe er him derfoar weiwine? Mar nee: 'Sa'n mânske stap yn de wrâld fan de antykonsepsje' sa't er it neamde, dêr woe er by wêze.

It hie har net folle muoite koste har stim te ferdraaien, stap ien wie set. In fermomming te betinken wie dreger. Boppedat moast se ek noch in freondinne opskarrelje dy't der op dy datum, op dat tydstip mei har hinne koe as sjofeur fan de getaway car. Ja, as gie it om in bankoerfal, it hoegde net oars.

De drama-kursus dy't se lêsten dien hie, die no fertuten. As in folleard konsulinte stapte se in dei as wat letter yn in ûnberisplik mantelpakje de praktyk yn. Se stelde har netsjes foar en helle nei in ynliedend praatsje in beskieden fragelistje foar 't ljocht. Se hie de nijste antykonsepsjemiddels foar manlju fan ynternet ôfplukt en dêr wat nijsgjirrige fragen by betocht. Dat gie wol goed, hy hie net yn 'e rekken wa't er foar hie en ûndergie de fragen oer sieddeadzjende ymplantaten as wie it Haarlimmer oalje.

Doe lei se him op in subtile wize út dat it no oan it lichaamlike ûndersykje ta wie. 'Ja, de broek en de slip mar even út. Gean dêr mar even lizzen, de skonken mar even yn 'e beugels. Ris even sjen.'

En se naam mei sin mear tiid as nedich wie om it saakje fan de dokter te besjen. Se die de gespen foar de wissichheid fêst: 'Yn 't belang fan it ûndersyk moatte jo hiel stabyl lizzen bliuwe, dan hoege jo net ferdôve te wurden.'

Se strûpte in pear antyseptyske wantsjes oan en spuite wat iiskâld guod op it mantsje syn klok- en hammerspul. 'Foar de ûntsmetting,' lake se him ta, en tocht oan de iiskâlde metalen einebek dy't hy in dei as wat lyn by har nei binnen treaun hie. Even ûnder de waarmwetterkraan hie dochs ek kinnen, net?

Ferdikke, se moast wol yn 'e rol bliuwe, no net oerjaan. Se seach nei de gongsdoar en skatte de ôfstân op fjouwer meter. Dat moast kinne. Har auto hie se fuort om 'e hoeke stean, mei de freondinne oan 't stjoer, sadat se daliks fuort race koene.

'It kin even feninich wêze hear,' warskôge se, en mei kaam har de flymjende pine yn 't sin doe't dizze selde man har okkerlêsten it spiraaltsje derút avensearre hie. De dokter lake ûnnoazel en sei dat it no om him wol wurde koe. Se koe suver oan him sjen dat er him net al te noflik fielde. No hie se him wêr't se him ha woe. Sa nonsjalant mooglik frege se: 'Hiene jo ek net in bern yn 't wyld?'

De man stode oerein en de ûndersykstafel ried spontaan in stik nei foarren. Omdat er yn 'e rimen siet, koe er net fuortkomme.

'No ja, ik tocht it sa, want jo iene baltsje hinget wat eigenwiis nei ien kant, sjoch.'

En mei strûpte se de wantsjes út, krige har tas en klikklakte op har konsulintehakjes nei de doar ta.

De broadsjes

Wat miende dat mins no wol net! Samar har plestik tas ôf te pakken ... Se wie der noch hielendal oerémis fan. Hie se krekt foardat de jiskewein de hoeke om komme soe in gouden fangst dien by de croissanterie, wie se alles wer kwyt. Se hie nòch net foar 't ferstân hoe't se har de broadsjes sa ôfklauwe litten hie. Gewoanwei wie se altyd op har iepenst, want sa moast se wol. Hjir gau de wet fan de jungle: alles of neat.

Djip yn tinzen swalke se de Foarstreek del rjochting Nijstêd. Shit, shit, shit en nochris shit. Moast se no mei in lege mage de dei begjinne? Der siet neat oars op as te wachtsjen oant de earste bel gie by de middelbere skoalle yn Bilgaard. Der wiene altyd wol in pear skatsjes dy't de bôlepûdsjes fan memmy fuortsmieten en it winkelsintrum yn dûkten om by de bakker in folde koek of in puddingbroadsje te keapjen.

Dan mar wer werom.

Se slofke it hiele lange ein fan de Foarstreek wer del. Soe se it earst noch eefkes besykje by de parkeargaraazje op it Hoeksterein? Se doarde hast net, want dêr wie se de lêste pear dagen weireage troch de stedswachten. Mar oan de oare kant: se wie hjir no dochs. Foarsichtich loerde se om it hoekje: gjin mins te sjen. Se weage it der mar op. Ferhip: in befeiligingsman. No dan moast it mar oergean.

Mismoedich sjokte se troch, de dyk oer en op it gymnasium ta. Dêr waard noait wat weismiten. Of miskyn diene se it wol, mar dan diene se it binnendoar, der stiene bûten gjin ôffalbakken. Miskyn wie dat tefolle yn 't sicht? Se wist it net.

Jammeltsje, wat hie se in jûkte op 'e holle. De dakleaze-kapper hie har lêsten guod meijûn, mar se hie de behanneling nei in wike herhelje moatten. Dat wie der net fan kaam, fansels. Hoe moast sy no wite dat der in wike om wie? Se wist ommers net iens watfoar dei it hjoed wie. En dan moast se ek mar wer krekt yn 'e gelegenheid wêze om te dûsen. Foar minsken as har wie dat ommers gjin dwaan. Eins moasten je by sa'n kuer daliks alles ferskjinje: de jas, de klean, de ûnderklean. Mar wêr koe se de brut útwaskje? Dat wie lang lyn dat sy in waskmasine sjoen hie. Of nee, dat wie noch net iens sa lang lyn, se hie niiskrekt noch ien sjoen yn ien fan de etalaazjes op 'e Foarstreek. "Ook voor kleine wasjes: wast, centrifugeert en droogt" hie derop stien. Krekt wat foar har, sy hie dochs neat oars as wat se oan hie. Alles byinoar opteld wie dat krekt in heale waskmasine fol.

Hé, as se noris frege om in demonstraasje? As se no ris sei dat se wolris mei eigen eagen sjen woe, hoe moai skjin oft de 'kleine wasjes' wurde soene yn dy masine. Dat wie dochs in supergoed idee!

Dan noch mar ris werom.

Se pesjantele de Foarstreek wer del op wei nei de wytguodsaak. Netsjes wachte se op har beurt, mar dochs doarde se net rjocht ien fan de ferkeapers oan te sprekken.

Op 't lêst kaam der ien fan de manlju op har ta. 'Kin ik jo earne mei helpe, mefrou?'

'No, jo ha sa'n moaie waskmasine foar 't rút, soe ik dy ris wat better besjen meie?'

Fansels koe dat, dyselde dy't mefrou yn 'e etalaazje sjoen hie, dêr hiene se fierderop yn 'e wurkpleats in demonstraasjemodel fan stean. Net allinne om de knoppeboel út te lizzen, nee, ek om te waskjen. De masine wie oansletten op wetter en stroom en it ôffalwetter koe fuortkomme.

Se sei dat se it wolris útteste woe oft de masine die wat er beloofde. De man moast laitsje: hoe soe sa'n djoere masine dat net dwaan?

Se frege nochris oft se in demonstraasje ha koe. Dat koe neffens de man, dy't daliks wer syn rol as hoflike ferkeapmeiwurker opnaam.

Hy gie har foar nei de wurkpleats en foar't er in wurd sizze koe, strûpte se de hiele bringst út. Earst har smoarge simmerjas, doe it fest mei de swit- en griemplakken, dêrnei in ûnhuer smoarch t-shirt en in âld himd. Sokken hie se net oan, mar se fûn dat de gympies ek wol in waskbeurt ha koene. Dêrnei strûpte se de spikerbroek út en in fodde dy't eartiids de namme heupslip hân hie. Poedelneaken stie se foar de man. Dy ferblikte net, treau alles yn 'e masine, die der in dûbele partij sjippoeier by yn, stelde him yn op "heavy duty" en sei dat se oer oardel oere de skjinne wask wol wer ophelje koe.

Ja hallo? En sy dan? Wat moast sy sa lang? Earst wie har hjoed de pûde mei broadsjes al ûntnadere en no stie se hjir yn har eigen wite broadsjes njonken in djoere waskmasine.

Se strúnde tusken de skappen en fûn in stoffen dûsger-dyn, in showmodel. Se betocht har net in tel en drapear-re it gerdyn as in Grykske goadinne om har hinne.

'Ik bring him aanst wer, hear, ik sjoch even by de buor-lju,' sei se, en ferfolge har wei nei it Leger des Heils om in ekstra steltsje klean, dat se har no grif net wegerje soene.

Foar de fûgeltsjes

Noch wat yn 'e sûs stuitere Elske troch de sliepkeamer en pakte de keukenwekker fan 't plankje. Se stelde it ding yn op trije minuten, rûn nei de badkeamer en sette de dûs oan. In proefmeunsterke shampoo pakte se út har toilettas: krigen by de drogist foar nul sinten.

Krekt foardat de trije minuten om wiene, hie se de wetterkraan al wer tichtdraaid. Wat in timing ... Foldien pakte se de handoek dêr't se juster har gesicht mei droechdipt hie, fan 't heakje en wreau harsels dermei droech. Sa, no koe er wol yn 'e waskkoer om har.

Se klaaide har rêstich oan en gie de trep del. Op 'e matte lei in mânske steapel reklameguod, dy't se meinaam nei de keuken. Earst mar ris wat teewetter opsette. Se pakte in sinesapel fan 'e fruitskaal en die him in pear tellen yn 'e magnetron. Se hie ris lêzen datst der dan mear sop út helje koest. Sûnt se dat wist, wie dat in part fan har moarnsritueel wurden. Se perste it ding út, slobbere it sop sa út it bakje wei en sette de sitruspers oan 'e kant op it oanrjocht.

Yn 'e bôletromp fûn se noch wat bôle, mar dat wie frijwat âld. Dêr wist se wol wat op; sy kocht noait bôle foar 't jiskefet: sy net. Handich snijde se de rûne koarsten derôf en smiet dy troch de doar foar de fûgels. Hoesa der wiene gjin mosken mear? Dy stumpers krigen nergens mear wat bôlekrûmkes, omdat gjinien mear in tafelkleed útskodde. In plestik placemat waard ôfnommen mei in oanrjochtdoekje en de bôlekrûmkes ferdwûnen troch de goatstien. No, net by har: moatst miene!

Se treau de beide stikken bôle yn 'e bôleroaster en makke wilens tee. Dêr brûkte se itselde teepûdsje foar as se de foarige jûns brûkt hie foar ien glês tee. Se makke no in heale trekpot en dan wie sa'n twaddekânspûdsje krekt genôch. Moarns hie se ommers gjin ferlet fan sa'n donker bakje. De bôle wipte út de roaster. Op it iene stikje die se apelsjerp en op it oare wat selsraspe tsiis. Se smiet noait tsiis fuort, it lêste waard opraspe. Har earste loopke wie nei de grienteboer ta: sjen oft er ek noch wat fruit hie dat op moast. Se sei altyd tsjin de man dat it foar har sjongfûgeltsjes wie. Hy soe ris witte moatte hoefolle apeltaarten oft se al net bakt hie fan syn apels. Somtiden hie der mar in hiel lyts plakje oansitten! Fansels kocht se der ek griente: de man moast net tinke dat se it derom die. Se kocht eins allinne mar dingen dy't yn 'e reklame wiene; sa wie 't alle kearen weroan in grutte ferrassing wat se jûns op 'e tafel sette soe.

Se loege de fytstassen goed fol, betanke foar it fruit (ek út namme fan de fûgeltsjes) en joech alles yn 'e bykeuken in plakje.

Opnij stapte se op 'e fyts, diskear nei de supermerk.

Eefkes sjen oft der ek wat yn 'e oanbieding wie en oft se dêr ek wat mei koe. Hûnebrokken: no nee, se hie net in hûn. Waskpoeier yn 'e foarm fan 'tabs' hie se ek gjin ferlet fan: sy smarde wol in likje griene sjippe op de smoarge plakken. Nee, der wie dizze wike neat by dêr't se heil yn seach.

Dan mar nei it koelmeubel foar de suvel. Jaha! De fruchtekwark moast op: de uterste ferkeapdatum wie hjoed. Dat trof se mar wer: rjemmige abrikoazekwark foar de helte fan de priis! Deule, seach se dat goed? Lei der ek noch in pakje mei twa karbonaadsjes dy't hjoed op moasten? Trof sy it eefkes. As se dy hjoed bakte, iet se ien op en bewarre de oare foar moarn. As it fleis mar ien kear bakt wie, koe dat skoan.

Neidat se ôfrekkene hie, fytste se mei in foldien gefoel op hûs oan. In bakje oploskofje hie se no wol fertsjinne. Op 'e tafel lei har húshâldskrift, dêr't se de bedraggen dy't se útjûn hie foar de griente en de boadskippen netsjes yn opskreau. Tefreden berekkene se ek noch eefkes hoefolle oft se fannemoarn wol net besparre hie. Dat wie noch wol in útsikerij, mar mei de kassabonnen derby wie it wol te dwaan. In oar loste kryptogrammen op ûnder 't kofjedrinken, sy die moarns dizze puzel.

Doe't it wetter sea, geat se it yn har mokje mei oploskofje. Se joech har eefkes noflik del, mar seach doe ynienen in bibleteekboek lizzen op it útein fan 'e tafel, ûnder in hege bult reklamefolders. Se skeat oerein. Wie dat hjir noch? Hoe lang hie dat dêr wol net lein? Se skuorde it boek nei har ta en seach op it kaartsje oan 'e binnenkant dat se mear as trije moanne te let wie mei ynleverjen. Seis eurosinten deis foar elke dei te let. Nei trije moanne waard it boetebedrach ferdûbele. Wol njoggentich kear tolve eurosinten, dat wie € 10,80! Dêr hie se it boek ek wol foar keapje kind! No wie har hiele bespar-skema nei de haaien. Noch even en se hie de doarwarder hjir oan 'e doar!

Nidich raamde Elske de jas fan 'e kapstok, socht har bibleteekkaart, pakte de beurs en smiet 'Hoe word ik een echte vrek' yn de fytstas.

Himmeleritis

Hoe krige se it hûs oan kant, sadat har útfanhûzers net trochkrigen dat se hjir folslein fersmoarge? De útfanhûzerij wie it earste dat har yn 't sin kaam doe't se moarns de eagen iependie. Op 'e neimiddei soe de hiele brut komme. Kofjedrinkerstiid, wat foar dizze lju betsjutte dat se de kofje om klokslach fjouwer oere mar brún ha koe.

Wêrom hie se ek sa entûsjast reagearre? 'Ja fansels kinne jim hjir wol bliuwe te iten. Sliepe? Gjin punt hear, altyd klear!'

No koe se der net mear foarwei. Dit wie de safolste kear, sy learde it ek noait. Eins hie sy soks hielendal net oan tiid. Oan de oare kant, dat moast Hinke ek tajaan, dan wie it hûs wer ris in kear oan kant, dat wie dan wol wer moai meinommen.

Daliks mar ûnder de brûs. Se strûsde de badkeamer yn, strûpte de nachtklean út en liet de waarmwetterkraan fan 'e dûs rinne. Hea, se koe foar 't selde even in skjirspûnske meinimme ûnder de dûs.

Se klom yn 'e badkúp en liet de woldiedige strielen oer de rêch rinne. It wie moai betocht, fûn se. As se har ôf stie te spielen, koe se likegoed even wat tegeltsjes meinimme. Wat wie dêr no ferkeard oan? It sparre tiid út, want se moast hjir dochs wêze, no? Se socht in tegeltsje út dat it neffens har it meast noadich hie en sette de hûd der even goed op. As se der wat dûsskûm opdie, soene har tegeltsjes ek noch lekker rûke. Och, sjoch ris oan, dit guod woe omraak, wat begûnen har tegeltsjes hjir geweldich fan te glimmen.

It duorre mar even, doe lei se al foaroer op 'e knibbels yn de badkúp: dy koe se no krektlikegoed ek even meinimme, wiet wie se ommers dochs. Dat wie wol in neidiel, ast der sa mei de noas opsietst, seachst hielendal goed hoe goar oft it hjir wol net wie. No ja, gjin panyk, se hie de hiele dei noch foar't har gasten der wiene.

Doe't it smoarchste der foar har gefoel ôfbjind wie, pakte se de dûskop en spielde se it swikje noch even nei. Gau pakte se in handoek en gisele dy om 'e nekke. Rats, rats, rats, sa koe 't wol, it wietste wie derôf.

No sjen oft se noch wat skjin ûnderguod fine koe. Se rommele yn it kastje om, fûn noch in broekje dêr't it moaiste allang ôf wie, mar dat yn alle gefallen skjin wie. Doe't se it oanluts fernaam se al rillegau dat it ilastyk gear wie. No ja, aanst mar gau de spikerbroek der oerhinne, dan koe it hjoed sa wol, smiet se him dêrnei wol fuort. No noch sjen om in beha. Hielendal achteryn fûn se noch ien, se hupste it ding om en wie al wer hiel tefreden oer harsels.

Mei de healwiete handoek, dy't se healwei de dûs smiten

25

hie, slingere se oer de tegeltsjes en droege yn in pear halen de badkúp der mei út. Sisa, no noch even mei deselde handoek oer de badkeamerflier, dan hie se dat ek fuort mar hân: allee, wat hie se de boel yn streken. Dit like der mar op.

Stroffeljend rûn se werom nei de sliepkeamer, ûnderwilens de ûnderbroek sa goed sa kwea ophâldend. No moast se noch in spikerbroek opfandelje. Se dûkte yn de bult klean yn 'e hoeke. In trui: yn 'e wask; in fest: se hoegde der net iens oan te rûken: hup yn 'e wask.

Sa gie 't mar troch oant se hast net troch de doar fan 'e sliepkeamer komme koe, sa'n pôle waskguod lei derfoar. Mar se hie dan no dochs in healsmoarge spikerbroek fûn en dy oanlutsen. Yn 'e kast hie se wrachtsjes noch in skjin t-shirtsje fûn, dat sy wie de dei treast.

Krekt doe't se mei de earms fol waskguod yn it trepsgat stie, hearde se ien roppen yn 'e gong. 'Joehoe, Hinke leave, bist thús? Wy tochten, wy komme wat earder, dan ha wy de hiele dei fijn noch foar ús, no?'

Kataboalysk

Minke woe hjoed kataboalyt wurde. Se hie ris lêzen dat it iten fan raukost it lichem safolle enerzjy koste, dat je der fan ôffoelen. Stel, men iet in woartel: moai. Dan ferbrûkte it lichem wol sa'n allerûnhuerichsten protte kaloryen, dat je der net fan groeie koene, mar dat it krekt oarsom just holp as je oan it lijnen wiene. Sok rau grienteguod hiet 'kataboalysk iten': rettich, radys, komkommer, woartels en bleekselderij. En soks.

Dat brocht Minke op de folgjende redenaasje: stel no dat se har klem iet oan kataboalysk iten en it fuortspielde mei kraanwetter, dan moast it dochs altyd klearkomme? Dan hie se dochs binnen de koartste kearen in figuer as in lang en slank simmerwoarteltsje? Okee, ôfpraat: it soe wol eefkes wennen wêze, want it wie allegear like hurd en kâld fansels. Se frege har ek ôf oft har nije kroan yn 'e mûle deroer kinne soe. Dy hie har krekt in lyts kaptaal koste en moast as it heal koe noch al eefkes langer mei as it iten fan in skaaltsje kninefoer. Mar och, oare minsken koene dochs ek wer alles ite as se in nije kroan hiene?

Se moast daliks mar nei de grienteboer om har dieet byinoar te skarreljen, foardat se har wer betocht. Wat stelde it no hielendal foar? Neat ommers, se hoegde allinne mar te kôgjen en boppedat hoegde se in skoft net te itensieden, want alles moast rau opiten wurde. En no net te sunich mei it ynslaan fan de kataboalika: se soe har mage ris flink op 'e donder jaan. De maachsoppen moasten al dy raukost mar ris flink geweken nimme.

Minke gie der op 'e fyts hinne, dan holp it ek wat mear. It foel net ta om de kop by 't ferkear te hâlden, se wie hielendal yn 'e besnijing fan har nije ytmetoade. It hie net folle skeeld of se wie sa by in stilsteande auto opknald, dat se wie bliid dat se feilich by de grientesaak oankommen wie.

Doe't se de bestelling trochjoech, skodholle it grientefamke alris. Mar dêr joech Minke neat om, se die krekt as wie it de gewoanste saak fan 'e wrâld om kilo's woartelguod yn te slaan.

Se tôge fytstassen fol raukostspesjaliteiten mei nei hûs. Afrikaanske bushwoartels, Súd-Amerikaanske ierdwoartels, Russyske sûkerbiten en Amerikaanske raapkes kamen aanst by har op it oanrjocht te lizzen. Mei in uterst foldien gefoel ried se as in kamiel mei folproppe sadeltassen werom nei hûs. Mei it sjampinjonboarsteltsje fage se foarsichtsjes de smoargens derôf. Op in grutte skaal skikte se de griente as wie it in kostlik blomstik en sette dy te pronk yn 'e bykeuken. In raukost-slaadsje fan daalderkes griente, sûnder in dressinkje, mar mei in moaie garnearring fan piterseelje, hie se yn in omsjoch klear.

Dy jûns soe it daliks heve. Minke duts de tafel sa moai 't se koe en gie deroan te gast. Se makke harsels wiis dat it skoan te iten wie. Dat it har tafoel en dat se suver al hast fielde dat de pûnen derôf fleagen dêr't se bysiet.

Foldien sette se har board op it oanrjocht. Under it ôfwaskjen betocht se alfêst in resept foar de oare moarns. Se soe mei in woartelshake begjinne, woartels hie se op 't lêst by de rûs. Bûtenlânske woartels yn de mingbeker, in fluts sitroensop en in skoat mineraalwetter derby en dan wie it in spultsje fan: shake, baby, shake!

De keukenmasine koe se fêst wol eefkes klearsette op it oanrjocht, dan gie it moarnier wat hurder en dan fergeat se it ek net.

Oant no ta gie se jûns nei 't ôfwaskjen altyd eefkes in kertierke op de hometrener om kaloryen kwyt te reitsjen. Fansels koe se dy gewoante likegoed noch wol yn eare hâlde. As se jûn noch in kilometer as fiif fytste, dan holp it grif wat mear.

Se hise harsels op it sadel en liet har fuotten it wurk dwaan. Se fielde har net echt fantastysk: se bespeurde in lichte kramp yn 'e búk. Kaam it no fan 't hurde fytsen fuort nei 't iten, of kaam it fan 't rauwe iten dat se hân hie?

Bah, se koe better ôfstappe. Au! It skuorde har troch 't liif. Wat soene wy no ha? Se stuitere nei har twa-sits bankje en liet har yn 'e kessens sakje. Man, wat hie se in opsette búk. In blastige ko wie der neat by. Hoesa lang en slank simmerwoarteltsje, sy like mear op in trochgroeide winterwoartel!

Dat wie it lêste wat Minke tocht foardat se buorfrou belle en stammere dat dy komme moast en dan daliks dokter ek mar. Se hie neffens harsels in kolyk as in wettermeloen. Buorfrou heistere mei har om, helle tekkens, in krúk en joech har hite tee. Tusken de bedriuwen troch frege se oft Minke tafallich ek noch in oerbleaun woarteltsje hie.

'Och heden ja, nim de hiele woartelboel mar mei, alles stiet yn 'e bykeuken,' koe Minke noch krekt útbringe foardat dokter troch de doar kaam en buorfrou weiwaard rjochting bykeuken.

Dokter stie it net, wie bang foar in ferkleving fan 'e terms en liet fuortendaliks in ambulânse komme. Dat duorre noch tiden, mar doe't de ambulânseminsken har fêstmakke hiene en de ambulânse yn glydzje lieten, fong Minke noch krekt in glimp op fan de Flaamske reus fan de buorlju. It bist siet yn syn stjelpke moai kalm en tige tefreden in woarteltsje te behimmeljen. Hy wol ...

Kessentsjes

Har boarsten koene wolris wat oppompt wurde. Net dat Karla echt ûntefreden oer har hanneltsje wie, mar se wie no op in leeftyd kaam dat it wol noflik wêze soe om de oandacht wat fan har gesicht ôf te lieden nei oare plakken fan har lichem.

Se hie wolris wat heard oer silikoane-boarsten, mar dat like har op fleanen. As sokke pûdsjes begûnen te lekken, wêr kearden dy silikoanen dan? Waarden se ôfbrutsen yn je lichem? Groeiden der dan op in oar plak boarsten? Neffens har waarden de boarsten der bonkehurd fan. No, dat hoegde om har net, dat wie no sa fijn oan boarsten, dat se sa lekker sacht wiene. As der ynienen in ûns, oardel ûns by yn moast, dan kaam der spanning op te stean, dat koe se har wol begripe.

Foar de aardichheid die se in djipfriespûdsje yn har elektroaneweechskaaltsje. Mei in leppel skepte se der oardel ûns sjem yn, bûn it pûdsje ticht en frommele it guod by ien fan de kups fan har beha yn. Safolle soe der dan by ynkomme. Jammeltsje, wat kâld. Gau smiet se it pûdsje yn de ôffalbak. It hiele idee fan silikoanen stie har tsjin. It die har eins te bot tinken oan dy grutte silikoanespuit fan har man, dêr't er lêsten de lekkerij yn 'e badkeamer mei te liif gien wie. Se hie neitiid de smoarge plakken net wer út syn t-shirt krije kind. Fansels wiene

31

dat oare silikoanen, mar it soe der dochs op ien of oare wize wol famylje fan wêze.

Se wie net ien dy't foar soks nei de dokter toffele, lit stean nei de sjirurch. Eins hie se in folle better idee. Der bestiene no fan dy optriuw-beha's mei ynboude gel-kessentsjes. Dat like har folle better. Soks stie har wol oan: net fan dy losse healemoantsjes fan skûmrubber, dy't der altyd útmiteren op krusiale mominten, nee dizze gel-gefaltsjes sieten hielendal yn de beha fêst. Dat sy mei de trein nei de winkel ta yn 'e stêd, it wie op 't lêst har frije dei. Wêrom soe se it harsels net gunne, se hie der al in skoft op om prakkesearre.

De gel-kessentsjes wiene 'ynternalisearre', neffens it kaartsje mei produkt-ynformaasje dat oan de beha fêstkliplt siet. Soene oare froulju wol begripe wat de fabrikant hjirmei bedoelde? 'Revolutionaire push-up beha met geïnternaliseerde gel-kussentjes voor meer volume. Past zich uitstekend aan de lichaamstemperatuur aan. Voelt natuurlijk zacht aan. Past als een tweede huid.' De priis wie ek revolúsjonêr: santich euro mar leafst. Se pakte it hingerke fan 't rekje en gie nei de paskeamer. Foarsichtich paste se har twadde hûd. Man, dit siet ferhipte lekker, wow, dit wie nochris wat oars as sa'n goedkeap foarbynsel út de graaibakken wei. Je fernamen net iens wêr't de gel-kessentsjes krekt sieten, it siet allegear hiel moai ferdield oer de buste. Foarsichtich die se him wer ôf en gie dermei nei de kassa.

Wylst se stie te wachtsjen foel har each op in rek mei 'Superkoopjes'. Se koe noch wol gau even sjen. Hea, dêr hong har beha ek, allinne wie dizze de helte goedkeaper, hoe koe dat no? Se helle it ding út it rek en beseach him oan alle kanten. Ferhip, deselde maat ek noch, dit trof se! No seach se it, lyk foar siet in haaltsje en oan 'e achterkant miste der in heakje ôf. No, foar dy sinten sloopte sy wol sa'n heakje fan in âld beha en sa'n haaltsje, dat koe se wol hiel netsjes fuortmoffelje. Foldien ruile se de beide beha's om. Foar de wissichheid frege se noch even oft der fierder neat mei wie, want it wie in behoarlik priisferskil. Nee, it mankemint siet oan 'e bûtenkant, it draachkomfort wie itselde.

Sa gau 't se wer thús wie, fiske se achter út de kleankast in beha op en toarnde dêr in heakje ôf. Moai dat dy heakjes universeel wiene, dan foel der nochris wat op 'e nij te brûken. Foarsichtich naaide se it heakje op it goede plak. Dat wie ien, no it haaltsje fuortwurkje. Se pakte har lange stopnulle, treau him in eintsje troch de kup fan de beha, die it haaltsje troch it each en helle de stopnulle der hielendal trochhinne. Goh, wat moai: as nij. Hie se dochs mar even moai wat jild útsparre. Witst wat? Se die him daliks oan, dan koe se der alfêst wat oan wenne. Grutsk paradearre se der mei foar de badkeamerspegel. Wow! Dizze siet likemoai as dyselde dy't se yn 'e winkel oanpast hie. Wat in oankeap, sy koe der hast net by mei har ferstân. Se luts in moai nau

33

t-shirt oer de holle en struts it mei de hannen moai teplak. Moai, echt moai. Se hold alles daliks mar oan.

Oardel oere letter sette Karla yn poerbêste stimming in hearlik miel iten op 'e tafel. Alle yngrediïnten wiene no oanwêzich om der in gesellige jûn fan te meitsjen. Har man hie in kearske oandien en in lekker wyntsje yngetten.

Doe't se goed en wol teplak sieten, sette se har yn postuer om har man oer har nije oankeap te fertellen. Hy wie har lykwols krekt in slach foar.

'Leave, it heart miskyn raar, mar dyn molke siedt oer.' Untset seach se op har t-shirtsje del. Der siet oan ien kant in grut, wiet plak. De nulle, skeat it troch har hinne.

'Ferhip, hast dy silikoanespuit ek noch erges te lizzen?'

Sperma-spul

Se woe in bern, it leafst daliks. Har biologyske klok hie no lang genôch trochtikke, it wie no of nea. As it net mei in heit derby koe, dan mar sûnder. Yn har relaasjes mei manlju hie se it har net oan tiid dien om te wachtsjen oft dy einliks klear wiene foar in bern, sy wie der nammentlik al jierren klear foar. Wêrom hiene dy manlju altyd sa'n gestin? Dy suertsjes wiene hast allegear bang foar har trochpakkend aard. Mar stikem swanger wurde, dat gie har te stûf. Dan hie se de relaasje mar wer ferbrutsen en wie wer op 'e strún gien nei in mooglike heit. Mar it wie as stie der mei grutte letters 'BW', bernewinsk, by har op 'e holle, want de iene nei de oare leuke fint wie ôfheakke.

Se hie alris ynformearre op de fertiliteitsôfdieling fan it Akademysk Sikehûs. De mooglikheden om oan gaadlik donorsied te kommen wiene aardich beheind. Dat kaam troch de wetlike ferplichting dat in bern dat mei donorsied oanset wie, it rjocht hie de namme fan syn of har biologyske heit te witten. Dêrtroch wie it tal sieddonoaren drastysk tebekrûn. Kinst begripe. Sa'n macho mei super-sied fûn it geweldich fansels om minsken mei in bernewinsk te skewielen sûnder der konsekwinsjes fan te hawwen. As it noch in sturtsje krije koe, heakken de measten fansels ôf. No ja, der bleaune allinne wat fan dy manlju oer dy't nea in relaasje hiene en dochs wol in bydrage oan de wrâldbefolking leverje woene, en fierder freaks dy't wolris even in pear oeren lekker waarm sitte en lizze woene yn 't sikehûs. Weiten hinnen en omstippers. No, sok sied hoegde sy net, gjin sprake fan.

Boppedat wie sy net in urgint gefal. Heteropearen en homopearen gongen foar singles. Sy besaude har deroer, mar it wie sa. Krekt as soe sy minder goed by steat wêze om mei sa'n bern te rêden as ien dy't troud wie of der in soartgelikense relaasje op nei hold. Dêr hiest it wer! Sy hie har libben op 'e rails, dat koest fan in soad troude of gearhokjende pearen net sizze, och heden nee. Dy wiene folslein frustrearre oer it feit dat de man dead sied hie, of de frou in ferstoppe aailieder, of dat in man no ienris net in baarmoeder hie, of dat in frou no ienkear gjin sied produsearje koe. Sokken fokusten har hielendal op de ynseminaasje, fierder wie der gjin libben mear foar soksoarte lju, harren libben wie ta weismiten keard as der net in bern komme soe. Sa wie 't by har net, och heden nee. Sy hie oant no ta in leuk libben hân: goed sûn, moaie baan, fiere fakânsjes – dat wie it dus net. Sy hoegde allinne mar wat sied fan ien dy't dêr sels achter stie, en sy rêde har der dan fierder sels wol mei. Mar soks soe wol wer net ferantwurde wêze neffens de foarskriften fan de ynseminaasje-plysje.

Nee, yn it sikehûs, dat soe wol neat wurde, dat hie se no wol troch. Mar se woe de moed noch net opjaan. Miskyn wiene der oare mooglikheden, dêr't se noch net oan tocht hie. As in frou in bern krije woe, moast dat kinne.

Op in goede jûn soe se har foar de televyzje deljaan en pakte se de gids. Sy blêde nei de goede dei en seach op de redaksjonele siden in opropke stean. Men woe in nije televyzjesearje begjinne. It hiet "Sperma-spul." Dejinge dy't wûn krige in ynseminaasje. Dat wie de priis! Alderûnhuerichst, dit wie my ek wat. Se sochten dus minsken dy't de priis graach winne woene en se sochten fansels kandidaat sied-donoaren. Der soe in medysk ûndersyk oan foarôfgean en de minsken dy't har opjoegen soene strang selektearre wurde. De organisatoaren moasten goed witte dat se lju mei opriochte bedoelings op 'e televyzje krigen.
Bingo! Dit wie har kâns. It wie wat bizar, mar eins hie se wol wat eksintrike oanstriden, dus doarde se dit wol te aventoerjen. Se starte de kompjûter op en surfte daliks nei www.sperma-spul.nl en begûn oan de fragen. Se wraksele har der sa goed sa kwea trochhinne en melde har oan as kandidaat.

Nei in wike krige se in oprop om foar it foartrajekt te kommen: it medysk ûndersyk en in persoanlik petear.

It foel har net iens ôf, nee, krekt oarsom: se seach dit hielendal sitten; it wie in opleine kâns.

Dêrnei folge in proef-opname yn ien fan de studio's. Sy kaam yn in groep mei trije manlike tsjinspilers. Sy moast de manlju alderhanne fragen stelle en der sa achter komme wa't har it bêste sied leverje soe.

En doe wie it as sloech de wjerljocht by har yn, want wat siet my dêr in MAN tusken dy twa oare kandidaten. Hjir woe se net allinne sied fan ha, dizze woe se hielendal ha, mei alles derop en deroan. Jaja, se wist it wol, it gie om it sied, net om de man sels. De hiele dei wie har yndruid dat se neat mei de kandidaat ha koe, dat se hjir wie foar mar ien ding, mar dy televyzjelju koene maklik prate. Dy fielden net, wêr't sy no lêst fan hie.

Lokkich wie der nei de proef-opname gelegenheid om yn de kantine noch even nei te sitten. En dêr siet de superkandidaat. Sy gie op him ôf en woe him it himd wol fan 't gat freegje. Dat net allinne, sy woe him it himd ek wol fan 't gat skuorre, hjirre yn dy kantine byneed!

'Mar ik doch hielendal net mei oan dit program, ik bin in akteur dy't frege is om hjoed te fungearjen as kandidaat. Myn sperma krijst net hear, dat wol myn frou net lije!'

Stress-hin

Se jogde bûtenút, lykas alle sneintemoarnen betiid. It stie as earste op har sneinske listke. It wie har doel en besykje har figuer wat yn 'e stringen te hâlden. Se hie net it idee dat it bot holp of sa, mar de kondysje bleau op peil en dat wie ek net ferkeard.

Dat sadwaande luts se alle sneinen de hurddravers-skuon oan. In t-shirt dat noch krekt in kear oankoe en in âld reedridersbroek foarmen mei-inoar har outdoor-outfit. It hier bûn se yn in sturt en omdat se ôfgryslik min oer losse plukken hier koe, hie se dan ek altyd noch in hierbân om 'e holle. Fan in oar kaliber as al dy froulju út 'e atletykblêden mei hypermoderne pakjes mei fluoresearjende streepkes der op. Dy wiene ek sa meager as brânhout. Dat waard him mei har dochs net mear, mar tsjin better witten yn woe se rêde wat der noch te rêden wie.

De bermen wiene krekt meand en de lucht fan fyn-mealde hûnestront kaam har yn 'e noasters. Hé, stie krekt meand gers net op nûmer ien fan in listke mei wat minsken graach rûke mochten? Of nee, de rook fan farsk bakte bôle stie op ien. Dat koe se har skoan begripe. Sûnt se in jier as wat lyn by in freondinne alle moarnen wekker wurden wie mei de lucht fan farske bôle, hie se thús fuortdaliks ek in bôlebakmasine

39

oantúgd. En no bakte se alle dagen in bôle. Lêsten wie it hast noch misgien. Yn stee fan de lucht fan farske bôle wie se op 'e oerloop al alarmearre troch in brânerige skroeilucht. De bôle wie oan 't rútsje ta riisd en drukte it lidsje suver hast iepen. It daai wie ek oer it ferwaarmingselemint hinne brûsd en dat wie begûn te skroeien en te dwaan.

Wat stie no ek alwer op trije? O ja, se wist it wer: de rook fan farske ierdbeien! Daliks kaam har de swietrook fan skjinspielde ierdbeien yn 't sin. Dy reade fruitwûnderkes hiene net om 'e nocht in kroan: it wiene ommers de simmerkeninkjes.

Oait hiene sy en har man in stik bou hân mei in ierdbeibêd, dêr't op topdagen twa kilo ierdbeien fan ôf kaam. De foarige eigner warskôge noch, dat se der dan wol op útiten reitsje soe, mar dat wie net bard. Ierdbeikompôte, ierdbeiranje, ierdbeijochert, ierdbei-iis, ierdbeitaart en fansels bakken mei ierdbeien en sûker en ierdbeisjem. Soks ferfeelde net, al wie it ek noch sa.

Wat stie ek al wer op fjouwer? Se hobbele fierder en betocht by de trijesprong noch krekt dat se links fan 'e dyk rinne moast. In skoft lyn wie der in plysjebuske njonken har stoppe. Se wie har lam skrokken. It kaam der op del dat se oan 'e ferkearde kant rûn: bûten de beboude kom koe se better links oanhâlde, dat wie feiliger.

Krammeltsje, se wie noch lang net op healwei en se fielde har kûten al wer pimperjen. Wêrom hie se juster dy te hege hakskuon ek oan hân? Ferdikke wat hie se harsels no wer te pakken.

Toe no: nûmer fjouwer. Wie dat net de rook fan in lytse poppe? Dat soe bêst kinne, mar wie it dan mei of sûnder it bewyske Zwitsal? Soks stie der fansels wer net by yn sokke listjes, dêr siet sy dan wer moai mei oanklaud.

No even rekke en strekke, want oars kaam dit net goed mei de kûtspieren.

Nûmer fiif koe se har al hielendal net mear betinke en dat wie ferfelend, want as har sokke listkes yn 't sin kamen, moast se se ek hielendal bydel. Se beprakkesearre fan alles as se sa oan 't rinnen wie. En as se wer thús wie, wist se net hoe gau oft se wer in aktiviteitenlistke opstelle moast, safolle dingen hie se ûnderweis betocht dy't allegear útfierd wurde moasten. Net allinne de boadskippen dy't der noch komme moasten, nee ek putsjes yn 'e hûs, fariearjend fan lekkende kranen, stikkene T L-buizen en laadsjes dy't skifte wurde moasten oant plafonds dy't skildere moatte soene. Dan hie se ek noch bestjoerlike listkes byinoar beprakkesearre, dy't sa gau mooglik omset wurde moasten yn dieden: brieven, telefoantsjes, aksjeplannen, gearkomsten en evaluaasjes. Gek waard se derfan, stapelsljocht. En deawurch.

In swypslach! Yn it rjochterkût: in swypslach. Dêr hiest it al ferdikke. Jammerjend liet se har fansiden yn 'e berm falle. Fuort letter stoppe der in bestelbuske: ien dy't bôleguod útsutele. Oft der wat oan skeelde? Sy koe it noch krekt opbringe om it wurd "swypslach" út te bringen. De man stapte út 'e auto en holp har op 'e passazjierstoel. Doe't se rieden snúfde se ris djip de bôlelucht op en sei tsjin 'e man: 'Wisten jo wol dat farske bôle op nûmer ien stiet fan wat minsken lekker rûken fine?'

'Dat liket bêst foar myn hannel, mar wêr kin ik jo ôfsette?'

Sy lei it paad út nei har hûs ta en koe ûnderweis mar net fan har ôfsette wêrom't se no net betinke koe wat der op fiif stie.

Uterste hâldberheidsdatum

Har wurk as skap-ynspekteur foldie har skoan. It iennige dat oan har knage, wie dat se troch har drokke wurk noait tiid oerhâlden hie foar in man. Deis altyd oan 't wurk, jûns faktydskriften lêze en ûndersyksferslaggen neirinne en nachts sliepe, fansels. De mannen wiene der by ynsketten.

It wie har wurk om by alle filialen yn 't noarden yn 'e gaten te hâlden oft de produkten dy't dy wyks yn 'e oanbieding wiene, ek daadwerklik yn 'e winkels leine. Boppedat moast se de uvd's en de uhd's skerp yn 'e peiling hâlde. Dan moast se ek noch de temperatuer fan 'e friezers, kuolkasten en kuolmeubels neigean.

Sy wist alles fan konservearring, ja, ek as it om harsels gie. Net in strie oerdwers, in strak rezjym fan iten en yn it middeisskoft alle dagen in fiks ein te kuierjen, dat wie har wize om goed hecht te bliuwen. Soms frege se har wolris ôf, wêr't se it allegear foar die; har fiifensechstichste jierdei kaam har as in feilinghammer yn 'e mjitte.

Mar ja, oft se woe of net, de prakkesaasjes moasten wer oan kant, sy moast wer op ynspeksje.

No, de lju koene hjoed wer goedkeap ite! In pizza mei hjoed as uterste ferkeapdatum, in beker fanyljekwark dêr't de uterste hâldberheid hjoed ek fan ferstruts en in pak jus d'orange dat dizze wike perfoarst op moast.

Allegear mei in 50% stikkerke derop plakt. Dit wiene saneamde 'farskprodukten' en dan wie it belied dat dy produkten foar de helte fan 'e priis oanbean waarden. Mar bytiden wie de ein derfan wei, foaral fan itensguod dat folle langer goed bleau. Hoe wisten koekjes no dat se op alve septimber slof wurde moasten? Dropkes dat se skimmelje soene op Sint Marten? En sûkelade dat dy wyt útslaan soe op fiif desimber?

It wie ommers in spultsje fan lok wat joust. As der tusken it transport en it útladen wat opûnthâld wie, of in karre mei farske molke en jochertguod stie te lang yn in gong, yn stee fan yn 'e kuolling, dan wie 't eins al mis. Dan koest fan dy uterste ferkeapdatum wol in dei of wat ôflûke. Mar guod dêr't goed op past wie, koe eins altyd langer mei as op it pak oanjûn stie. Benammen guod út blik dat oer de uvd hinne wie, koest mei in gerêst hert opbrûke. Sy hie der mear noed mei, hoe't minsken thús mei de boadskippen omsprongen. De boadskippen stiene bytiden noch in hiele middei achter yn 'e auto eardat se útpakt en teplak set waarden. Krekt as moast der earst noch om dobbele wurde waans beurt it no wer wie om alles yn 'e hûs te tôgjen en op te bergjen! As minsken iten hiene en der bleau wat oer, dan stie soks bytiden oeren as in silich oerbleaun protsje op it gasstel, sadat miggen der samar op sitten gean koene. Meastal waard it dan dochs noch fuortmitere. Wie 't in hiel lekker proefke iten, dan gie it de kuolkast yn en waard it – soms dagen – letter op-haffele, mei alle gefolgen dêrneffens.

Eins soe dêr mear foarljochting oer jûn wurde moatte: oer it thús bewarjen fan itensguod. Sy soe "Postbus 51" der mar ris oer oanskriuwe. Miskyn hie it effekt en besparre dat in moai protte minsken alderhanne ynfeksjes, búkgryp en mislikens.

Ja, sy fielde har de Florence Nightingale fan 'e foe-dingsyndustry. Troch har tadwaan, har trochpakken, rêde sy hûnderten minsken fan in ekstra loop nei de húskepot. As sy har wurk net goed die, soene der party minsken wêze mei blikfergiftiging, nitraatfergiftiging en oare aaklike krupsjes.

Oer in wike as wat wie it safier, se soe fiifensechstich wurde. Sy griisde derfan, mar sy wie net in frou foar hobby's, miskyn moast se no dochs mar ris omsjen nei in man. Dêrom hie se har opjûn foar sa'n "alleengaan-denjûn" en dat soe jûn wêze.

Neffens har wie har uhd noch lang net ferrûn. Sy hie goed op harsels past en alle foarskriften yn acht nom-men. Se besefte dat se har hiele libben yn 'e kuolsel sit-ten hie om mar goed konservearre te bliuwen. It wie no tiid om te ûntteien. Yn alle gefallen waard it heech tiid om op keamertemperatuer te kommen en te genietsjen. Se moasten der jûn yn it djoere hotel, mei de partner-race mar ris om dobbelje wa't har útpakke mocht.

Oerdwealske winterwoartel

'Sjoch, dan knypst it útein mei de linker tûme en wi-
isfinger ticht en strûpst it mei de rjochter hân moai
nei ûnderen ta. It is even sa'n handichheidsje moatst
rekkenje.' As in frou dy't der ferstân fan hat, strûpte
se it kapokje linich om de winterwoartel hinne. De
dochters stiene der ferfeeld en wat gnizerich omhinne
te sjen doe't mem har wolris eefkes sjen litte soe, hoe't
it yn syn wurken gie.

'Mem wol oars noait dat wy fiis dogge mei iten,' lei
de âldste dertsjinyn. Dy hie fan jongs ôf oan yndruid
krigen dat se gjin messen ôfslikje mocht en net mei
it bûtermes yn 'e sjempot mocht. Der hie fansels wol
faker in grouwe winterwoartel by har mem op it snij-
plankje lein, mar dan foar hiele oare doeleinen. Foar yn
'e snert of yn 'e hutspot. En dan no dit. It wie har oan te
sjen dat se net begripe koe hoe't mem sa fan har geloof
ôffallen wie, mar dat se it tagelyk ek wol grappich fûn
dat har mem nergens om joech.

Ja, dit wie no aanschouwelijk onderwijs. Hiel wat oars
as de problemerubriken yn de Fancy, dy't rjocht foar
de raap skreaune wêr't it op stie. Mar dêr stiene noait
plaatsjes by en no waard demonstreare hoe't it dan yn
't echt gie. No ja, yn 't echt; dan hie heit der yn folle
gloarje by stean moatten, mar dy siet te fiskjen oan 'e

feart. Dit wie noch droech oefenjen.

De jongste sei dat sy it skande fan de woartel fûn. Koe Flapke dy letter noch wol opite? Mem sei dat sy aanst de tinskiler derby pakte en dan soe Flapke der neat fan priuwe.

De middelste woe wat mear om lyk en frege: 'Mei ik it ek ris dwaan, mem?'

Mem sei dat dat daliks wol koe, sy soe 'm der earst wer foarsichtich ôfrôlje. 'Yn 't echt kinst him net in twadde kear brûke, hear, tinke jim der goed om?'

De âldste joech daliks in snútslach: 'Nee hallo, in wask- hantsje brûkst dochs ek net foar de twadde kear, dat smytst ommers ek yn 'e waskkoer?'

Dêrop andere de jongste, dy 't altyd tige ynventyf wie: 'Mem, binne der ek guon dy'tst útwaskje kinst? Folle better foar 't miljeu, ommers.'

Mem fertelde in moai ferhaal fan hiel froeger doe 't men se fan skieppeterms makke en nei gebrûk mei in doekje sawat skjinfage. Of oan 'e broek ôffage, want skjinne doekjes, dêr diene se doe net oan, en han- waskjen al hielendal net.

Oft se dan net siik waarden, frege ien fan de fammen. No, mem tocht dat der hiel wat minsken oan geslachts- sykten stoarn wiene froeger, dat wie echt net allinne wat fan dizze tiid. Se fûnen doe fan alles út om mar net swier te reitsjen. Geslachtssykten, dat wie mar bysaak yn dy tiid. Dêr koene se likegoed oan deagean as no, mar de minsken leinen de link net tusken syktes en ûnfeilich frijen, sis mar.

'Mar no eefkes werom nei ús oerdwealske winterwoartel, want wy dwale ôf. Mem hat hjir dus dizze moaie oranje jonge te lizzen en no meie jim alle trije om bar in reinkapke oer menear de winterwoartel hinne dwaan.'

De fammen kamen der no wat yn en begûnen te lotsjen wa't as earste mocht. 'Mem, as it no in froulike woartel is, hoecht it dan net?'

'Och leave, by wize fan sprekken, bedoelt mem. Meitsje dû no mar ris sa'n pakje iepen en tink om 'e neils.'

Dêr gie it hinne; de trije fammen mochten achter inoar oan in kondoom út 'e ferpakking helje. Se moasten earst goed sjen hokker kant it útrôle wurde moast en doe koe it oangean.

'Mem, is sa'n penis yn 't echt ek sa grut?'

'Wêrom brûke wy hjir net in banaan foar?'

'Ik gean wol oan 'e pil, wat in gedonder.'

Mem bleau net te fermurvjen en joech de handyman hieltyd wer oan de folgjende oer.

Doe't se alle trije de fitamineknol beet hân hiene, sei mem dat se altyd "klaaid fan hûs" gean moasten as se letter in jûntsje út giene. Ek al soe it der miskyn noait fan komme, oan harren soe it dan teminsten net lizze yn dit stik fan saken.

'Een verstandige meid is op haar toekomst voorbereid,' preuvele ien.

'Je bent een geit als je zonder iets vrijt,' kaam der fuort achteroan.

'Ja, en dy geit kin dan no moai de woartel opite!' rôp nûmer trije derachteroan.

It shirtsje

Gryt fielde it al wer oankommen. Hoeiiii, dêr kaam wer sa'n smoarge opstiging oan. It joech wat, dat se dy homeopatyske drippen ynnaam alle dagen. Dit wie net bêst; se hie no wol seis, sân deis. Koe dit net oars? Se smiet it rút iepen en woe harsels der wol achteroan goaie, sa hyt wie se. De flammen sloegen har út, se woe wol neaken troch de snie rôlje. Man, hoe moast dit as har fakânsje aanst wer om wie? Se soe it foar de klasse mar krije! De bern wiene ek net ûnnoazel fansels, dy rûkten har lichaamlike ûngemakken op kilometers ôfstân.

Lêsten wie it har slim oer 't mad kaam. Se wie mei Eelkje de stêd yn en hie harsels in nij shirtsje beloofd. Sadwaande wiene se op in stuit c & a yngien en hiene wakker yn 'e rekken omklaud. It foel net ôf wat der hong en omdat de priis der ek wol op like, wiene se nei de paskeamers ta rûn.

In winkelmantsje, nee sa'n manager-gefal, hie earst noch witte moatten hoefolle dingen oft se by har hie. Earst hie se noch miend dat er har hântas en de boadskiptas bedoelde, mar doe hie se yn 'e gaten krigen dat er it oantal "items" bedoeld hie dy't se passe woe. Mar leafst trije shirtsjes hie se oer de earm te hingjen. Sadwaande krige se in plestik buordsje mei it sifer 3 derop yn 'e hannen treaun. Unnoazel systeem, want elk dy't kaam te passen hie de hannen ommers al fol mei fan alles en noch wat.

It heugde har noch dat se doe tocht hie, dat je sok wurk ek net de hiele dei dwaan moasten: passende minsken in 1, 2 of in 3 takenne en dan neitiid wer neitelle, om te kontrolearjen oft der neat yn 'e tas bedarre wie. No ja, miskyn wikselen se it kassa-wurk en it siferke-útdielen ek wol mei-inoar ôf om nocht oan it wurk te hâlden.

Hawar, sy wie fleurich ien fan de hokjes ynstrûsd. De jas hie se útdien en oan in heakje hongen en doe hie se har swarte t-shirtsje útstrûpt. Doe't se dêr sa stie foar de grutte passpegel, hie se de earste symptomen al oankommen field. It hert jage har as in gek, mar se die krekt as wie 't ynbylding. Eins hie se har doe wer gau oanklaaie moatten en sjen moatten dat se de winkel útkaam, de bûtenlucht yn. Dat wie meastentiids de bêste remeedzje.

Mar nee, sy tocht: ik bin hjir no, ik set no troch. Mis fansels. Se hie noch mar krekt ien fan de nije shirtsjes oer de holle lutsen, of it swit bruts har oan alle einen en kanten út. O ferhip, no moast se it wol nimme, se koe sa'n shirtsje mei switplakken ûnmooglik wer werom hingje yn 't rek.

Se rekke suver wat yn panyk, mar doarde Eelkje net te roppen. Dy strúnde bûten de hokjes by de trendy sinnebrillen om.

It shirtsje moast út en daliks. No! Wiene dy pashokjes hjir altyd al sa lyts? Wat wie my dit hjir foar behyplike boel! Fuort mei dy klean! Se koe ferdikke wol opset wêze: se koe it net mear oer de holle krije. Hoe koe dat? Se hie it dochs ek oankrigen?

Se hie it shirt healwei de earms en de holle en koe foarnoch achterút. Wat wie der mei har, dat se har no sa opblaasd fielde? Se hie in punt by de kofje hân niis mei Eelkje, mar dat sette dochs net daliks oan, wol?

Gryt rekke hieltyd mear fan 't sintrum en koe har net mear ynhâlde. De oerkreten fan froulike tennissers wiene neat by de gjalpen dy't sy dêr yn it pashokje útstjitte.

It nûmermantsje wie op it lûd ôf kaam en hie oan 'e oare kant it gerdyn noed mei har. Se fernaam syn wifeljende stim. 'Alles goed, mefrou?'

Dat wie de drip, se skuorde mei fernijde krêft yn ien kear it shirt dwerstroch. Hèhè, wat in opluchting. Mei, skuorde se it gerdyn fansiden en biet de ferkeaper ta 'Doch my dizze mar,' wylst se him it stikkene shirtsje tasmiet en folslein achter de pûst op it krukje delsiigde.

Krekt even letter kaam Eelkje mei it besinnebrille kopke om 't hoekje gnuven.

'Ik seach niis dy ferkeaper mei dyn t-shirt nei de kassa rinnen. Fijn datst slagge bist!'

In blomke

Dêr hiest it al! Soe se de tolve kilometer ris te gean nei 't wurk, kaam har in reinbui achterop! Tsjitske helle har blauwe reincape út 'e rêchsek. It koe hjoed net sûnder Jomanda, moast se heal-laitsjend tajaan doe't se it stive plestik ding oer de holle luts.

Se hie in ferhipt hekel oan reinklean en mei sa'n cape wyndere it noch wat troch teminsten, en wiest net trochplakt fan it swit ast oankaamst.

In neidiel wie fansels dat se no fan de knibbels ôf nei ûnderen ta hartstikke wiet reinde. Har spikerbroek begûn te skrinen en te skuorjen. De rinskuon wiene net wetterticht en stadichoan fielde se dat har sokken begûnen te sopkjen yn 'e skuon.

Ien kear op har wurk skodde se harsels út as in hûn dy't yn 'e tobbe west hat. Doe hong se de cape oer in stokje te droegjen oan de kapstok.

De kollega's dy't yn 'e auto kaam wiene, seagen har meilydsum oan. Mar ja, se woe it ommers sels, dat se hoegden mei har gjin begrutsjen te hawwen. Se wist net wêr't se de tiid oars weiskuorre moast om te oefenjen foar de Alvestêde-rintocht. Dêrom hie se betocht om ien kear wyks moarns nei it wurk ta te rinnen en dan jûns werom de trein te pakken.

Mar it wie wol wat, want se hie gjin droege sokken

by har en al hielendal gjin oare skuon. De wiete brot moast earst mar út. De skuon sette se tsjin de ferwaarming oan. De sokken naam se mei nei 't húske. Dêr wrong se se út boppe it waskbakje en slingere se boppe oer de ferwaarming hinne om te droegjen. Doe't se wer siet, skode se mei har fuotten it ergonomyske fuottebankje in ein fuort, sadat se lekker mei de fuotten op it flierkleed koe. Se die wat gimmestykdinkjes om waarme fuotten te krijen. It joech net sa'n soad, want se krige no kâlde rillings. Se hie switten fansels en no't se stilsiet, beklûme se.

Se floepte it kantoar út rjochting garderobe. Gelokkich hie se hjir altyd in fest hingjen. Dat neamde se har moandeisfest: as de ferwaarming yn 't wykein út west hie, moast de kachel moandeitemoarns altyd earst op gong komme en dan wie sa'n ekstra fest in útkomst.

Mar ho eefkes, as se dat noris om 'e fuotten hinne avensearre, as in sliepsekje foar har earme kâlde poatsjes? Se naam it fest mei rjochting buro en ritste it ticht. Se die ien fan de buroladen iepen en helle der in stik as wat grutte paperclips út en makke dêr de úteinen fan de mouwen mei ticht. Se strûpte de broeksboksen op en strûpte mei de fuotten yn it fleece-pûdsje. Se knipere it ûnderein fan it fest oan de boksen fêst mei in pear ferdwaalde knipers.

Mei it fest lekker waarm om 'e kûten en har wietreinde fuotsjes yn 'e mouwen, starte se mei in foldien gefoel de kompjûter op. Wachtwurd: geranium. Altyd leuk no, om in wachtwurd út te sykjen dêr't se no krekt hielendal neat mei hie. In geranium, it toppunt fan húslike truttigens, de geranium dy't garant stie foar it heechste tuthola-gehalte aller tiden.

Sy moast neat fan blommen ha. Se liet se altyd yn 't papier sitte as se ris in boskje fan ien krige, se wist gewoan net wat se der mei oan moast. Ast sa'n boskje ôfsnijsels in dei as wat hiest te stean, stonk it wetter ommers as in jarretank. Ien bosk fergonklikens wie it.

Dêr swaaide de doar iepen en kaam har baas deryn mei in mânsk bosk blommen.

'Sjoch Tsjitske, foar dy, omdat it hjoed siktaressedei is. It komt dy wol ta.'

Tsjitske kaam oerein, fergeat har tichtknipere ûnderein en kaam heal-stroffeljend mei it fest achter har oan slepend, achter har buro wei. 'Dat hie no wier net hoegd,' sei se mei har leafste stimke, wylst se tocht: dat kin der hjoed ek noch wol by, earst rein, dan blommen.

Hollywood-boarsten

Greet wie ien fan gjin geseur: gjin beha's út it jier nul dy't troch de klean hinne skynden. Of heakjes dy'tst troch it himdsje hinne op 'e rêch sitten sjen koest. Nee, Greet hie wat nijs útfûn: alle kearen as sy in strapless topke oanluts, die se twa stikjes dûbelsidich plakbân op har boarsten en luts dêr dan it topke oerhinne. Dan drukte se it eefkes goed oan en hie se der gjin omsjen mear nei.

Se hie it gemak fan klittebân ûntdutsen doe't se frege wie om toanielklean te naaien. Man, wat handich, gjin gedonder mei knopen of ritsen, lekker rats-rats: fêst of los, ideaal. Itselde prinsipe hie se no útfûn mei saneamde body-tape. Sy tape-te wat ôf, och heden ja! Under bleate jurken sette se har dekolletee yn 'e hellingproef. Mei breedskouderige truien liet se de beha thús en bûn de boarsten wat op mei in pear stikjes Fashion tape. Foaral mei topkes sûnder bantsjes wie sok tape in útkomst.

Greet prate der mei net ien oer, it hearde gewoan by har, lykas sûkeladeflokken op 'e bôle.

Se siet by sa'n beauty-klupke. Ien kear yn 'e safolle tiid kamen se by ien fan harren thús en diene dan beauty-dinkjes. Dan wer ris in manikuere, dan wer ris in maskerke of in stoombadsje. Lytse behannelinkjes

dy't se gesellich byinoar útfierden. Dejinge dy't it orga-
nisearre, kocht it guod dat nedich wie en fersoarge de
hapkes en de snapkes.

Op in kear mocht sy de beauty-jûn fersoargje. Nei hiel
wat prakkesearjen wie se op it tema beha's útkommen.
It geheim fan har boarst-tape woe se net priisjaan, en
boppedat like it har ek op fleanen om inoars boarsten
yn te tapen. Dat wie har no krekt wer wat té yntym.
Mar wat dan?

Doe't se yn de linzjerysaak wie om tape-guod, foel har
each op wat nijs. In beha dy't noch it measte weihie fan
in badstof eachmaskerke, dat se nachts wolris opdie,
as se har eagen lekker yn 'e eachkrêm set hie en de lek-
kens net fet wurde mochten. Dizze nije fynst sûnder
bantsjes bestie út twa rûntsjes dy't mei-inoar ferbûn
wiene mei in dwersferbininkje: in sinnebril sûnder
poaten, om samar te sizzen, mar dan fan stof en mei in
pasfoarm. Twa kups dy't mei in tuskenstikje byinoar
hâlden wurde en dy'tst mei de ynboude silikoanelym
op de boarsten plakke koest.

Neffens de fabrikant wie de beha sûnder bantsjes tûze-
nen kearen te waskjen sûnder dat er syn kleefkrêft fer-
lear. Sjoch, dan wie fyftich euro foar dy twa lapkes net
folle jild fansels. Sy gie troch de bocht, want de body-
tape wie op 't lêst ek net om 'e nocht, dat wie ek alle
kearen tsien euro as sa'n pakje plakbân wer op wie. Thús
lies se de oanwizings gau eefkes troch en probearre de

ûnsichtbere beha daliks út. It fielde wol hiel apart. Foar de wissichheid luts se in donker shirt oan. Mocht de boel ôfsakje, dan foel it net daliks op, tocht se.

Doe foel it kwartsje. Soest sa'n beha ek sels meitsje kinne? Dat wie miskyn wol wat foar de beauties: dan koene se allegear ien mei nei hûs krije, want folle wurk wie it net. Neffens har koe sa'n behaatsje ek wol sûnder dy silikoanelym ast it mei twasidich plakbân teplak treaust. Sy soe in foarbyldsje meitsje, dan koene de beauties de jûns allegear ien neimeitsje en mei in pear stikjes plakbân derby wie it in prachtkado. Wat soene de froulju opsjen!

De hiele middei wie se oan 't pielen. Se hie har eigen nije beha kreas op in stikje trochstikt beige-kleurich satyn lein en krekt sa neiknipt en dêrnei yn model naaid. It wie prachtich slagge, al sei se it sels.

Jûns lei Greet ien klear op 'e tafel en wachte ôf oant de froulju ien foar ien de keamer ynrûgelen.

'Och wat leuk, meitsje wy in lúkse eachmaskerke fan 'e jûn? Is dit net wat te grut?'

Nee, dit wie wat oars, wachtsje mar eefkes ôf oant elkenien der is.

Doe't de lêste beauty ek arrivearre wie, pakte ien fan de froulju it satyndinkje op, flapte it dûbel en sei: 'It liket wol in Big Mac, hast hjir ek in hamburger foar, of meitsje wy dat de oare kear?

Red hot

Hanny hie altyd wat reads oan: wie 't net oan 'e bûten-
kant, dan wie 't wol ûnder de klean. Hie se lêsten net
in prachtich linzjerysetsje kocht, mei – ja hear – reade
skouderbantsjes en reade byskes om it broekje?
Foar har wie der mar ien kleur en dat wie read. Read, de
kleur fan 't bloed: heftich! De kleur fan tomaten: sûn.
Fansels ek de kleur fan in Ferrari, har leavelingsauto.
Read koe sportyf, mar ek provosearjend wêze. Bytiden
seksy, mar oarsom ek distingearre as it wat stylfol
kombinearre waard mei bygelyks swart, of wyt. Red
hot Hanny hie ien fan har freondinnen har ris lait-
sjend neamd.
Hoe't dat no sa koe mei dy fassinaasje foar read wist se
net, mar eins koe it har ek net safolle skele. Read wie
gewoan in fleurige kleur, dat moast elk tajaan.
Al nei geraden har stimming wie, paste se de kleur ta.
Se dosearre it read sa't it har útkaam. Rôze ferblikte
derby: dat wie yn har eagen oars neat as in suterige,
ferwosken ferzje fan read, baby-achtich. Oranje wie
ek oars neat as read dêr't wat giel trochgriemd wie.
Oranje dat wie de kleur fan goedkeape ranje, it Neder-
lânsk alvetal en it keningshûs. Giel, dat gie noch, mar
it hie al gau wat kanary-achtichs, as je bygelyks in giel
jaske oanhiene.

Al mei al hie Hanny altyd tige te sprekken west oer har persoanlike foarkar-kleur. Oant justerjûn. Se hie in film sjoen oer in psycholooch dy't mei in konsult oan 'e gong wie. Fan it iene momint op it oare wie syn pasjinte dwers troch in grut rút hinne flein en sa fan 'e boppeste ferdjipping ôf tepletter fallen. Dea fansels. Doe't de man einlings doarde te sjen, lei de frou op 'e strjitte yn in geweldige plasse bloed. Mar it frjemde wie: it duorre mar even, doe luts it read derút! Hoe't er ek seach, hy seach gjin read mear.

Doe't er in dei as wat letter by in kollega op de ûntleed-bank lei, analysearre dy hierskerp: 'Wòlst it read net sjen. En ast it read net sjen wolst, is dat in teken datst dyn emoasjes net toane litte kinst of wolst.'

Oef!

Hanny hie it daliks op harsels en har fiksaasje – sa mochten jo it no wol neame – projektearre. Wêrom wie sy just sa fiksearre op read? Wist sy har miskyn ek gjin rie mei emoasjes? Wie it by har miskyn in forsearre besykjen om de emoasjes te toanen? Wie dat read in teken dat sy út alle macht besocht om op te fallen, om oandacht te lûken? Woe sy dat minsken har stean seagen, dat se net om har hinne koene, har oanskeaten en dingen fregen?

Of wie read krekt in teken fan gefaar, sadat minsken stean bleaunen en har net benei doarden te kommen? Read yn 't ferkear wie net om 'e nocht in warskôgingskleur: dit mocht net en dat mocht net, stean bliuwe, der net yn, gjin trochgong!

It mealde har yn 'e holle om. Mei muoite hie se de film útsjoen, mar se hie sa mei har eigen gedachtekronkels besteld west, dat se letter mei gjin mooglikheid mear betinke koe hoe't it eins ôfrûn wie. Se die oars net as grave en dolle yn har ûnthâld om te betinken wannear't har passy foar read no dochs begûn wie. Se hie dochs as poppe in rôze slabke foar hân? In rôze plestik draairing om de sûchflesse hân? As lyts famke krekt as oaren in rôze jurkje oanhân? Op watfoar leeftyd wie se dan sa treurich ôfgliden nei read?

Stel dat minsken dy't har koene dy film ek sjoen hiene. Wat moasten dy minsken wol net fan har tinke, as it klopje soe, dat minsken dy't altyd yn 't read rûnen finaal mei harsels oan wiene?

Dit frege om in hurde oanpak, hjir wie gjin ferwin op. Read en Ferrari wie in geweldige twakaart, mar read en knots wie it oare uterste. Dat stimpel woe sy net ha! Dan leaver blau, izich blau.

Mei pine yn 't hert krige se in bananedoaze út it hok en helle alle reade klean út 'e kast wei. Moarn soe Red hot Hanny daliks nei de drogist om kleanferve. It soe wol op "cool blue" útdraaie.

Skûtsjesilen

Fetsje hie in hobby, mar oaren neamden it in tik. Net in ferfelende, mar dochs. Sy sparre t-shirts fan alle aktiviteiten dêr't se by west hie, oan meidien hie of oan meidwaan wollen hie. Sa hie se ek in t-shirt fan in konsert fan Jantje Smit. Dêr hie se noait west, mar se hie it wol wollen.

Se wie kasjêre yn sa'n foardielige winkel dêr't minsken "tûk winkelje" koene en dêr moast se bedriuwsklean drage. As se dan wer mei de brommer nei hûs koe, strûpte se earst ien fan har eigen samling t-shirtsjes oan en fielde har daliks frij.

In spesjaal plakje hie in t-shirtsje fan de Ringo-bar yn Feankleaster. In freontsje fan hiel lang lyn hie foar harren beiden in gelikens t-shirt kocht. Yn de Ringo hiene se inoar opdien, dat sadwaande. Sy fûn dat doe ôfgryslik kliemsk; it wie krekt yn dy tiid dat unisex-klean en kemping-smokings, oftewol treningspakken foar minsken dy't noait treenden, yn 'e moade wiene. Mei dy jonge wie it neat wurden, mar it Ringo-shirtsje hie it begjin west fan wat no in mânske samling t-shirts mei opdruk wurden wie.

Fan alle iepenloftspullen dêr't se hinne west hie, hie se in draachber oantinken. Ek fan rock-konserten yn 'e bûtenloft, of yn feesttinten: fan Rûkrock oant Lûkrock.

Net allinne wite, nee, sy hie se suver yn alle kleuren. Koest moai de moadekleuren troch de jierren hinne folgje. Sadwaande fûn se in t-shirt ekstra de muoite wurdich as der in jiertal op stie. Ek it model fan it shirt wie troch de jierren gâns feroare. Hiest in pear jier hân dat "oversized" bot yn 'e moade wie, en no wie xxl maat 36.

Soms krige se in reaksje op de tekst fan it shirt dat se oanhie. Dat fûn se prachtich, foaral as se har fregen oft se der ek echt west hie. Dan koe se der wat oer fertelle. It moaiste wie as dyjinge der wat mei te krijen hie of der ek west hie.

Juster noch. Se stie wat mei it hingslot fan har brommer om te griemen foar de winkel, kaam der in jonge op har ôf. Se hie krekt ien fan de shirtsjes oan mei simmer-opdruk. Dêr hold se altyd rekken mei. Se hie nei Langwar, nei 't skûtsjesilen ta west en dêr in shirtsje fan kocht, fansels mei it jiertal 2005 der op.

Hy seach de print, begûn te wizen en sei: 'Moai shirt. Dêr wie ik ek.'

'Goh, wêr dat dan?' hie se frege.

'No, by Grou.'

'No, ik by Langwar,' hie se sein.

'Oh, no ja, ik gean altyd mar ien kear, ik wist net dat dêr t-shirts fan wiene,' sei de jonge. 'Oars hie ik graach ien ha wollen.'

'Ja hear, ik keapje elk jier in oaren,' hie se bliid sein,

wylst se hieltyd lûder begûn te praten, want it wie har net ûntgien dat hy in t-shirt oanhie mei opdruk fan de Wielerronde fan Surhústerfean. Dy hie se noch net yn de kolleksje, en se hie sa stadichoan genôch fan it skûtsjesilen. Se betocht hoe't se dit oanpakke soe.

'No, ik gean dy kant wer út,' sei de jonge dy't him blykber gjin hâlding wist te jaan, no't er samar in wyldfrjemd frommis oansprutsen hie.

Fetsje koe har eagen net fan syn t-shirt ôfhâlde.

'Oars meist dit wol ha,' sei se, en op 't selde stuit strûpte se it skûtsje-shirt oer de holle en lei it by him oer it fytsstjoer, wylst se him suver smeekjend oanseach.

Se seach dat er net wist wêr't er sjen moast, doe't er de weelderige buste fan dy skûtsjes-yn-Langwar-frou rjocht foar him hie.

'Moatte wy no fan shirt ruilje, krekt lykas by it fuotbaljen?' koe er noch krekt útbringe.

'Tuerlik, hast no dochs skoard?'

Rôze mûtsen

Mei in swiere rêchsek om, in tas oer it skouder en twa plestik taskes yn 'e hân fleach Tineke noch gau in slach oer de boppeste ferdjipping fan 't winkelsintrum. Noch krekt eefkes sneupe yn it snobberswinkeltsje 'The Candy Paradise'. Dat koe om 'e tiid noch krekt lije. Mei de tassen rûnom socht se har in paad troch de smelle gonkjes.

Wat wie 't hjir ek in behyplike boel, mar ja, der moast fansels betelle wurde foar elke meter flieroerflak. Hastich fleagen har eagen oer de nammen fan it skepsnoep. Hé, seach se dat goed? "Frisse fagina's." It sil dochs net wier wêze ... Se seach op 't horloazje dat se avensearje moast, woe se de trein noch helje kinne. Underweis nei hûs besaude se har der noch oer.

De oare deis hie se it yn it skoft better oan tiid. Se rûn op 'e fitrine mei losse snoepkes ta, en ja, dêr leinen se hear, hurdrôze, twa dúdlike lippen mei in rûn gatsje dertusken. Hoe krige men it yn de plasse? Men iet de froulikste lichemsdielen dochs net op? Sy soe wolris eefkes in aksje op tou sette om dizze wanfertoaning in halt ta te roppen. It moast út wêze. Sy hie de brief foar it feministysk moanneblêd al yn 'e holle. 'In het first-class shoppingcenter op de A1-locatie in de middelgrote stad L. ben ik het volgende wanproduct tegen het lijf gelopen.' Ensafuorthinne. En dan die se der moai sa'n

65

"lekkernij" by yn, dan koene se op 'e redaksje fuort sjen wat se bedoelde. Wat mienden se hjir wol net, sokke deftige klanten fan in winkelsintrum fan namme wiene dochs gjin kannibalen, wol? Mar ris hearre wat de ferkeaper deroer te melden hie.

Rimpen skuorde se in plestik pûdsje los, krige in metalen skepke en floepte der mei ferdrach ien yn. Benaud seach se om har hinne oft ien it ek sjoen hie dat se sa'n fleizich gefal yn it pûdsje dien hie. It gie per ûns, mar se hoegde fansels net in ûns fan dy frisse gefaltsjes. Beret skepte se wat oare snoepkes der boppe op en stevene nei de kassa.

'Dit wie 't?' frege de jonge.

'Ja. En witstû wol wat jim eins ferkeapje?' begûn Tineke.

De ferkeaper seach har freegjend oan.

'Hoe kinne jim no "frisse fagina's" ferkeapje?' gie se troch, mei de klam op de namme fan it mislikmeitsjende snobbersguod.

'No gewoan, dat bestelt ús baas. En se rinne goed, hear,' andere de jonge mei bravoer.

'Soene jo dan ek tsjin 'e baas sizze wolle dat der minsken binne dy't har deroan steure? Ik fyn dat it tsjûget fan wansmaak!'

De jonge kleure.

Tineke kaam no op stoom: 'As it jo neat útmakket, mei ik dan ek noch in ûnske "dikke lullen"?'

De ferkeaper wist no hielendal net mear wêr't er sjen moast.

Ynienen begrutte it har. De jonge die syn wurk, wierskynlik gie hy net iens oer de ynkeap. Se smiet it oer in oare boech. 'Wurde sokke suertsjes echt as sadanich troch jimme besteld, of wurde se gewoan as winegums ynkocht?'

'Nee, as wy se bestelle wolle, steane se yn de bestelfolder oanjûn as "rôze mûtsen."'

Tineke stie perpleks, mar liet har ein net slûpe. 'Och ja, de fibrators wurde op 't lêst ek oanpriizge as massaazjestêven foar pineholle, dat och, as ik dêr dan in kâlde holle fan krij, kin ik hjir moai hinne om in rôze mûts!'

Beret pakte se it pûdsje fan 'e toanbank en kearde de jonge de rêch ta.

Reserveman

Se stie foar de grutte passpegel en tocht oan har re-
serveman. Ja, sy hie in reserveman. Ien foar 't brekken
sis mar. Net foar as har man deagean soe, dat der dan
daliks in ramplesant wêze soe, dat net. Mar as it eefkes
wat minder gie yn har houlik, dan holp de gedachte
oan har reserveman har der faak wer boppe-op. Hoe soe
myn reservist hjir op reagearje? Wie dy wol meigien, of
hie dy oars reagearre? Allinne dat neitinken, sok reflek-
tearjen op har eigen sitewaasje, wie faaks al foldwaande
om har wer del te jaan yn har eigen houlikslibben.

Dy reserveman fan har, dy wist ek dat er har reserve-
man wie. Rinse hie it echt by syn folle ferstân dien. It
wie as grapke begûn. Se hie der op in kear útflapt dat
er har reserveman wie. Hy hie der smaaklik om lake en
sein dat der dan sa no en dan wol oefene wurde moast.
Hy moast fansels al witte hoe't in reserveman him
hâlde en drage moast.

Se hie der altyd handich in draai oan witten te jaan.
Guon fan har kollega's hiene der ek weet fan, want se
sieten mei in ploechje yn in wurkgroepke. Omdat der
wol in gekjeierige sfear hong, hie net ien der noch wat
achter socht. Sy fierder ek net, se woe der ek neat mei.
It wie foar har ûnskuldich flirtsjen. Hy wie in moai
poepke âlder as har, mar eage in stik jonger. Hy wenne

allinne. In jier as wat lyn wie er skieden, mar dêr wie er sa op 't each net minder fan wurden: hy wie goed fleurich. Rinse Reserve siet fol lytse grapkes en wist der altyd foar te soargjen dat se in bêst sin hie.

In setsje lyn hie se op 't wurk in mailtsje fan him krigen dat sy him mei in needgong foarby fytst wie, sûnder te groetsjen. 'Wêrom seachst my net? Wat hie ik dwaan moatten om dyn oandacht te lûken: fluitsje?'

Froeger hie se dat fluitsjen altyd freeslik fûn, en har feministyske ynslach soarge derfoar dat se manlju dy't soks diene hiel grimmitich oanseach. Der hie ris ien west, dy seach har beskamme oan as hie er in skieds-rjochterfluitsje trochslokt. Mar ja, dat wie jierren lyn.

Se draaide har om. Fan achteren like se in stik jonger, omdat se noch wol in aardich figuerke hie, mar as se har omdraaide en har griis wurdende prúkje hier foar 't ljocht kaam en har ronfelige gesicht, ja, dan lieten se it wol om te fluitsjen! Sy ferpofte it om har hier te fervjen: sy wie fyftich en dat woe se ek wol wêze. Sa seach in frou fan fyftich derút! Begûnen je it hier te fervjen, dan stie dat hiel raar by de tearen yn 'e holle. Fûn sy. De helte fan de froulike befolking fûn dat net, want fyftich persint fan 'e froulju ferve it hier al. Dy oare fyftich persint, dêr wiene lytse bern by, bejaarden en minsken lykas har. Froulju foar wa't it suver in 'statement' wie om bewust te kiezen foar net fervjen.

Dan hiest ek noch froulju dy't wat wrâldfrjemd wiene, dy't wat achterôf op in âld pleats wennen en noch noait in kapperssaak of in drogist fan binnen sjoen hiene. Dy't libben sa't de natoer it opjoech. Dy brûkten ek gjin make-up en hienen gjin djoere merk-klean oan.

Froeger hie se har hier wol ferve, och heden ja! Ien kear hie se it sels dien en it blondearguod justjes te lang sitte litten. It wie oranje wurden. Doe't har man thúskommen wie, hie er de sinnebril op hân en it kleurferskil net iens opmurken. Doe't se de hiele jûn in holdoekje omhie, hie er der op 't lêst al nei frege.

De oare deis doe't de drogist wer iepen gie, hie se gau har hier wer yn har eigen kleur weromferve. De kearen dêrnei hie se it karwei troch de kapper dwaan litten.

Oant se fyftich wurden wie, doe gie de knop om by har. Sy fûn dat se noris harsels wêze moast, net al-linne geastlik, mar ek lichaamlik. Har man waard keal, sy allinne mar griis, sy mocht ommers noch fan gelok sprekke.

En dan dreamde se wer eefkes fan har reserveman dy't noch in tsjûk bosk swarte krollen hie …

Poema-woman

Dy buorfrou fan har, dy koe der wat mei. Achter yn 'e fjirtich en dan sa'n jong ding fan twaentritich oan 'e heak slaan. Dat wie no wer it nijste: âldere froulju dy't in freon hiene dy't in moai ein jonger as harren sels wie. Faak trouden se ek noch mei sa'n pykje. Sa'n frou waard in poema neamd. It soe wol wat mei it ferslinen fan 'e proai te krijen ha.

Neffens it blêd dêr't se dizze kennis út opdie, is sa'n poema meastentiids skieden en hat se finansjeel de fuotten goed ûnder 't gat. Se klaait harsels seksy, draacht klean dy't goed mei-inoar flokke, is net fiis fan in útdaagjend linzjerysetsje en fervet sy har hier fansels. In echte poema-woman giet tige selsfersekere troch it libben. Sy hat it gelok dat der manlju op har falle dy't net om lytse lichaamlike ûnfolsleinheden male. Under it mom fan "ast dy goed fielst en selsbetrouwen útstrielest, dan lûkst manlju oan as in magneet" waard it poema-gefoel yn de nijste frouljusblêden wakker oanbefelle.

No wie sysels al wer in moai skoft allinne en Gatske moast tajaan dat sy eins wol in tikkeltsje jaloersk op har buorfrou wie. Dy hie it moai yn streken. Troch de wike hie se it ryk allinne en yn 'e wykeinen kaam der sa'n foech keardeltsje om har wol tweintich jier jonger fiele te litten.

71

Mar wêr helle sy, Gatske Dykstra, mei har útweakke model en útgroeid boskje hier sa gau sa'n grien bled-sje wei? It wie al te idioat om it ûnderwerp mei har buorfrou te besprekken: 'Hea, Gonda, wêr hast dat leave jonkje opdien?'

Se lies it stik nochris en seach doe dat der op 'e oare side stie: "Ook zin in het ultieme poema-gevoel?" Ja hear, der siet my dêr in hiele hantlieding by, hoe'st soks oanpakke koest.

As jachtgebieten waarden neamd: in kompjûterwin-kel, in tantra-workshop, in fegetarysk restaurant en in seminar. It woe har net rjocht oan dat har buorfrou sa oan har wykein-mantsje slagge wie. Neffens har hie Gonda dy gewoan op in alleenstaanden-, nee, alleen-gaandenreiske troffen. Op sa'n tripke doarden je wat mear as sa gewoan thús dêr't de oare doarpslju jin yn 'e kiker holden. Op sa'n reiske nei 't bûtenlân koe it justjes wat mear lije.

In kompjûterwinkel, dêr koene je dochs ûnmooglik sa'n snel eachjend baaske opdwaan? Dy mantsjes dy't dêr de loop hiene, wiene dochs allegear fan dy kompjûter-freaks? Dy hiene it net oan tiid om der in freondin op nei te hâlden, dy diene oars neat as spultsjedwaan ach-ter sa'n skermke. In tantra-workshop noaske har ek al hielendal net. Sa'n hiele middei of jûn wat slachsinnen opsizze, tink, en dan op 't lêst troch de keamer sweevje! Fegetarysk wie se ek al net, sy mocht fierstente graach in hoekje fleis. Boppedat wiene dat meast ek fan dy skriele, rûpske beantsjestokken, dy't sawat soerich rûkten, nee, dat moast mar oergean.

Bleau de seminar oer. Dat wie miskyn wol wat. Mar hie sy wol nocht oan sa'n yntellektueel betwitterich boekewjirmke, sa'nien dy't ivich en altyd alles better wist? Daliks siet sy opskipe mei sa'n wittenskiplik typke: altyd stjonke ûnder de earms en klean oan dy't no by it Leger des Heils troch de jongerein wer kocht waarden omdat it "fet coole" jaskes wiene en "te gekke" koltruien. Wat langer sy it yn har omgean liet, wat mear se it hiele idee mar neat fûn.

It stie har sawiesa tsjin dat sy harsels yn in nauslutend pak hysje moatte soe, in pôle jild útjaan moast oan de kapper en de schoonheidsspesjaliste en dan sa kwânskwiis wat fan dy fage útstapkes dwaan moast, dêr't se harsels alhiel net yn fine koe.

Wêrom stie de iisbaan net neamd as jachtgebiet, of de banketbakker of de ambachtlike slachter? Of de freedsmerk op it Saailân, of de rommelmerk, of byneed V&D of sa? Sy snapte der neat fan. As sokke manlju der neat om joegen dat it lichaamlik ferfal al justjes taslein hie, dan kamen sokke manlju dochs ek wol by de grienteboer op har ôf, as sy krekt gesellich ierappels út stie te sykjen? Miskyn moast se har mar by har eigen leeftydsgroep hâlde: in lekkere keale keardel, of sa'nien mei sa'n gesellich trampoline-búkje. Dan koe sy teminsten bliuwe dy't se wie en hoegde se har net oan alle kanten en einen op te hysjen, yn te snoeren en op te leukjen ...

Se hearde it tingeljen fan de karre dy't ien kear wyks delkaam om de doarpslju fan griente te foarsjen. Kees Koaltsje waard de man dy't de grienten útsutele, neamd. Kees wie altyd like fleurich. Moaie appelwankjes en al in moai ein op gleed rjochting pensjoen. In sterke fint, dat kaam fansels troch it tillen fan de grientekratten. Wol wat in búkje, mar likegoed in man dêr't se har thús by fielde. En wat noch wichtiger wie, hy wie 'available' oftewol: frijfeint.

Foardat se op toffels en mei de húshâldknip yn ien fan 'e bûsen fan 'e duster ta de hûs út strûsde, helle se noch gau eefkes in boarstel troch it hier.

'Ah, dy Kees,' rôp se him op har alderleafst ta, wylst betinkend dat it net ferkeard wie om mei opsetsin de boadskiptas te ferjitten. Kees treau fansels samar it fruit- en grienteguod yn in bananedoaze en sjoude mei alle wille har fitamyntsjes oan 'e doar ta. Koe se syn spierbondels nochris fan tichteby besjen.

Perzikhûdsje

Tanja wie foar 't earst hjir yn 't doarp nei de salon. Net dat se it sels nedich fûn, mar ja, se hie sa'n bon krigen. Wat moasten je inoar op 't lêst ek altyd jaan op 'e jierdei, no? Se hie der noch wiken tsjinoanhongen, mar doe hie se se dan dochs ris belle mei sa'n frommeske.

De jas en de skuon koene út en, o skrik, ek har t-shirt en it himd. Dêr hie se net op rekkene, se hie net ien fan har knapste beha's oandien. No ja, se hie dizze fannemoarn wol skjin oanlutsen, mar as se dit witten hie ...

Se mocht har deljaan. Yn in omboude behannelstoel fan 'e toskedokter, tocht se, mar dat wie ek wer net hielendal wier. It wie in relax-fauteuil, spesjaal yn hichte te ferstellen yn elke stân dy't winske wie. Hearlik foar de klant en ergonomysk o sa ferantwurde foar de behanneljende frou.

Jolanda, sa't dy harsels foarsteld hie, die har in handoek om 'e boppe-ein en in dûs-mûts op 'e holle. De taksaasje koe begjinne.

'No, dat is yn ien behanneling net klear, frou Kingma, hjir is sprake fan achterstallich ûnderhâld.'

Baf! Hoe doarde dat minske it sa te formulearjen! Soks sei men dochs net tsjin in potinsjele klant? Ast dy hjir graach faker binnendoarren ha woest, dan seidest dochs: 'Wat in moai strak feltsje, noait rookt tink? En wat in moaie reade kleur op 'e wangen; omdat jo safolle kuiertochten meitsje, nim ik oan. Moai appelich, hear. Dy donkere wynbrauwen binne àl sa moai natuerlik, in prima útgongspunt foar in nij modeltsje. Der hoecht gjin potleadsje oan te pas te kommen hear, jo ha tige sprekkende wynbrauwen. Sille wy oars ris begjinne mei in ûntspannende gesichtsmassaazje? Dan in djip-tereiniging en dêrnei in opbouwend maskerke. No, dan is jo feltsje in perzikhûdsje gelyk! As wy dit moai foarsichtich opbouwe, dan is jo hûd nei trije behan-nelingen wol trije kear sa moai.' Ast as frou ienkear de stap naam hast om nei in beauty-salon ta te gean, dan hearst it leafst dat it mei it ferfal allegear noch wol in slach tafalt.

Mar nee hear, moatst miene: in hite steamblazer waard foar har gesicht delplante en doe waarden alle swarte puntsjes rigoreus oanpakt. Der waard útknypt en treaun, sa wyld sloech sy mei in klute daai noch net iens op it oanrjocht om! Dy earme poriën moasten it belije. Mar as it dêr no by bleau, neuheu, doe moast alle gesichtshier ûnder it meanfjild ferdwine. De snor en it burd sis mar, want in frou hat gjin hier op 'e kop. Punt út, basta. De harspleisters binne hjir baas. Hars rules the world. Och earme. Wie mooi wil zijn, moet pijn lijden, dat wie al sa doe't se as lyts famke graach in heech sturtsje ha woe mei in flewielen strik. Dan hie se it gefoel as waard se oan it hier omheechlutsen, sa'n spultsje wie it. Der skine froulju te wêzen dy't it as ferwennen beskôgje om in oere nei in smarsalon, mar foar har wie it poere tramtearderij.

Neffens Jolanda koe har gesicht earst wol wat fjurrich wêze, mar oer twa dagen wist se nèt wat se seach, dan soe it effekt optimaal wêze.

Doe't Tanja fan de earste skrik bekaam wie, doarde se nei in dei of trije harsels te besjen yn 'e spegel. Ja, mar dat wie fijn! In smel boochje boppe de eagen, snor fuort, poddehier op 't kin poater, no, no, no! Dit koe wolris wer! Dit joech in tefreden gefoel. De ôftakeling hie in opdonder hân en wie in wike as wat de goeie kant op bonsjoerd.

Mar goed dat se daliks in nije ôfspraak makke hie mei it frommeske. No mar ôfwachtsje oft se hast ûnder monumintesoarch foel.

DE-punten

"Achte menear Egberts, of is it frou Sarah Lee, ik wol jo graach eefkes wat fertelle. It sit nammentlik sa, dat ik net snap wêrom't jo pakken kofje sa populêr binne. Ja, ik snap wol dat de kofje goed lekker is, ik brûk it sels ek altyd. Froeger dronken we it thús al, en no't ik troud bin, ha ik ek altyd jo kofje yn 'e hûs. Hearlike kofje, hear, dêr mankearret neat oan, wier net. Dat moaie kofje-wyfke op de ferpakking, dat begryp ik ek echt wol. Dat skept betrouwen, it docht deeglik oan en it stiet foar kwaliteit: jierrenlange tradysje sis mar. Mar dy pakken, dy mislike pakken, dy'tst hast net iepen krijst. Dy kringen fan dingen. Dit is nij foar jo? Dêr ha jo noch nea klachten oer hân, sizze jo?

Sjoch, it is hjir sisa gelegen, alle kearen as de kofje út 'e kofjebus op is, treft myn man dat. Ja, al spilet de duvel dermei. Hiel inkeld sjoch ik it swurk driuwen en folje de kofje sels by as de bus hast leech is, mar meastentiids ûntkomt it my en sit myn man dermei oantangele. Jo binne benijd wat der no komt? No, it sit sa by ús: it kofjesetapparaat stiet hielendal rjochts op it oanrjocht. Myn man en ik binne ek beide rjochts, dus dat is in goed plak foar sa'n ding. Links dêrfan de wetterkraan, boppe it oanrjocht de kofjebus en achter it apparaat de kofjepûdsjes. Klear. Myn man konstatearret dus dat de kofjebus leech is. Wat docht er? Hy pakt in nij pak kofje. Logysk net? Hy docht dêrnei it laadsje oan dy kant fan it oanrjocht iepen en pakt der in skjirre út om it pak iepen te knippen. Mar no komt it: hy docht dat laadsje net wer ticht. Dat is miskyn wat apart, mar dat lit er dus iepenstean. Wat bart der dan dus alle kearen wer? Hy griemt kofje yn myn leppel- , foarke- en messelaad. Dus dan kom ik yn 'e keuken, en alle kearen is dat wer sa. Miskyn ha jo de probleem-siden yn de frouljusblêden wol ris lêzen, dan snappe jo faaks wat ik bedoel. De dopkes dy't net op it toskepoet-sersguod draaid wurde, it hier yn it ôffierputsje fan de dûs: lytse foarmen fan argewaasje dy't maklik útgroeie kinne ta húslik lijen.

Jo sille tinke: as it oars net is? No, dit wie it noch net hielendal: ik wol it ek noch eefkes mei jo ha oer it plak fan de punten. Wêrom sitte dy hielendal ûnderoan it pak? Ja, hoe tinke jo dat al dy miljoenen minsken yn steat binne om rats, de skjirre yn ien kear te plak te setten om de punten der yn knip, knip, knip en knip, fjouwer kear út te fykjen? Godsûnmooglik! Echt wier: earst gau de ynhâld fan it pak, of wat der noch fan oer is, yn de bus rûgelje, dan de skjirre opnij yn 'e oanslach en dan de punten yn feilichheid stelle.

Mar wêrom't ik dit neam? No, omdat myn man alle kearen as hy it troffen hat dat de kofje op is, noait de punten útknipt! Nee, hy lit it lege pak op it oanrjocht

lizze. Dan mei ik de punten der nochris útknippe.
Kinne jo begripe: as in folwoeksen keardel noch net
iens by steat is om tsien fan dy luzige DE-punten út in
pak kofje te knippen, dan is dêr by jo op kantoar dochs
net ècht oer neitocht hoe't minsken hjir thús mei oan
moatte, wol?

Myn man snapt net wêr't ik my drok om meitsje, mar
wêr't ik hinne wol is dit. Ik soe jo mei klam freegje
wolle om asjeblyft in oare manear út te finen om in pak
kofje sûnder griemen iepen krije te kinnen. Graach sa,
dat myn man it ek kin. Soene jo dan daliks de punten
der as stikkers op plakke kinne, dan ha wy dêr ek gjin
spul mear oer, snappe jo?

Wat wy ek dwaan kinne, is dit: as ik myn man no yn-
ruilje foar 100.000 punten, dan bin ik einlings safier
dat ik sa'n super ûnferslytber kofjeset-apparaat op
punten byinoar garre ha, en jo kinne myn man moai
ynsette by proeven mei de nije ferpakking. Dan ha wy
der beide baat by, woe 'k mar eefkes kwyt."

Linkshandich

Gjin tennis-earm, fuotbalknibbel of mûs-earm, nee, sy hie in lûkpols. In beropskwaaltsje. It wie wer ris wat oars as in fenearyske sykte, hie de strjithoekewurker tsjin har sein, sy moast mar ris by de dokter sjen.

Dat hie Harmke fannemoarn dien. De man sei dat se de safolste wie, it wie in moade-kwaaltsje op 't heden. Dan wie it wer postnatale depresje, bekken-ynstabiliteit of rsi, en no wie 't dus de lûkpols. Froeger heardest noait fan sokke kwalen en dan heardest wer neat oars. No ja, yn har beropsgroep teminsten. Earst de earm mar in pear wiken yn in mitella, in oare remeedzje wist er net.

Neffens de dokter hie it mei de ekonomyske resesje te krijen. De measte manlju dy't nei de hoeren giene, hiene gjin jild mear foar in wipke en dan keazen se foar in ôflûkerke.

Dat wie foar har gjin nijs. In soad klanten hiene langer net folle te ferspikerjen. Se waard regelmjittich krigel as se wer begûnen ôf te tingjen.

'It is hjir gjin opromming, wat tinkst wol. Is dy dit noch tefolle, dan donderst mar op. Rêd dysels der mar mei!'

As de man yn kwestje har sa lulk wurden seach, wûn dat sa'n keardel meast ek noch op. No, dat wie har bêst, dan hie se it putsje yn de koartste kearen klear. Se hoegde dan allinne mar in lyts fibratorke op 'e baltsjes te setten en it sied brûsde alle kanten út. Samar klear.

Se soe no alles mei links dwaan moatte, dat naam folle mear tiid as oars. Aanst siet se mei twa fan dy lûkpolzen, dan wie se hielendal yn 'e prizen.

Om wat te oefenjen begûn se mei de linkerhân te toskeboarsteljen. Dreech genôch, mar it slagge lang om let al. De rjochterhân die har ek behoarlik sear moast se tajaan, dat it koe ek al min oars.

No moarn noch in mitella. Se soe der no wol om tinke moatte wêr't har spuitgasten hinne rjochten. Se koe it net brûke dat se har hieltyd oer de mitella hinne kwakten. Dan koe se wol oan ´e gong bliuwe fansels. Miskyn koe se ien meitsje fan in jiskepûde. Nee, dat stie ek wat stumperich. Miskyn sieten der yn de bak mei goedkeape kûpontsjes wol lapkes stof dy´t moai by har topkes pasten. Ja, dat wie wol in idee.

En dan frege se har buorfrou Krista oft dy se eefkes omnaaie woe, want mei ien hân in naaimasine betsjinje seach se net sitten.

De oare moarns kocht se in stik as wat kleurige lapen en gyng daliks troch nei Krista.

'Hoe hast dit no wer oprûn?'

'Kinst it leauwe of net: ik hie in hiel dik manuskript om troch te lêzen en der mankearre sa'n soad oan, dat ik tûzenen streekjes mei de reade pinne sette moatten ha. Myn rjochterpols is hielendal ôf!'

Har buorfrou wist net dat se noch wat oars die foar de kost as manuskripten redigearje foar in útjouwerij, en dat liet se leaver ek mar sa; sy frege Krista dochs ek net hoe't dy oan dat djoere bankstel kaam? Grif net kocht fan har útkearinkje.

'Heden ju, wol hiel ferfelend fansels. Witst wat, ik begjin der daliks oan, dan kinst se moarnier wol eefkes ophelje.'

Doe't se de oare moarns by Krista kaam, stie dy har al mei in kreaze steapel doeken op te wachtsjen. It liken wol oare stofkes, miende se sa yn 'e gauwichheid te sjen.

'Goeiemoarn, wat hast dat gau foarinoar krigen.'

'Hoe giet it mei dy, hast noch lêst fan dyn rjochter pols?'

'Ja, ik sil dy skriuwer oanspraaklik stelle foar syn broddelwurk. As er in staveringskontrôle op 'e kompjûter hân hie, hie 'k no net sa'n gedonder hân.'

'Doarst dat te dwaan ju?'

'Eh nee, grapke, en trouwens, dan hie ik no net sokke moaie mitella's hân. Dy kin ik letter moai as omslachdoek of as pareo brûke.'

Se bûgde har foaroer nei de doeken dy't by Krista oer de earm hongen.

'Eh, dit binne myn eigen. Dy fan dy lizze dêr op 'e tafel. Achterôf besjoen hiest mines wol salang brûke kind.'
'Hiestû ek wat oan de earm dan?'
'Eeeeh, ja ju, kinst it leauwe of net, ik hie ferline wike ek lêst fan myn pols. In bytsje te lang achterinoar tsiis raspe by it catering-bedriuw dêr't ik tydlik sitten ha.'

Floepsty

Moai hear: alles derop en deroan. Sa'n moderne keu-
ken wie dochs wol fantastysk, fûn Saskia. Nim no dy
kraan dêr't siedend wetter út kaam. Koe se de pan-
kleare grienten sa, floepsty, mei siedend wetter op har
keramyske plaat sette. Wat in behâld fan dy hearlike
fitamyntsjes smiet dat op.

Ek as se in glês tee meitsje woe, mei ien fan dy bysûn-
dere smaken dy't se lêsten yn dat nije tee- en kofje-
winkeltsje kocht hie, dan wie dat siedend wetter in
útkomst. Se hie har tige ferantwurde teepûdsjes goed
yn 't sicht yn in trochsichtich doaske yn in nis fan har
supermoderne keuken delplante.

Dêr koe se sa fan genietsje, fan de alderbêste kwaliteit.
Altyd as se wat tamakke yn 'e keuken, naam se allinne
genoegen mei de alderbêste yngrediïnten. Kalifornys-
ke rezinen, Italjaanske oliifoalje, Switserske sûkelade,
Arabyske kofjebeannen, neam mar op.

Op in stuit hie se betocht dat se de filosofy fan allinne
it alderbêste ek graach tapasse woe op har keuken-
apparatuer.

Yn in Amerikaansk itensiedersprogramma hie se in
ôffalhakseler sjoen dy't yn 'e goatstien ynboud siet.
Geweldich. Al ûnder de útstjoering koe se har eagen
der net fanôf hâlde. Alle ôffal koest sa yn 'e goatstien

rjochting hakselmasine dirigearje. As it reservoirke folsiet, druktest op in knop en floepsty, alles waard troch flymskerpe messen fynhaksele en ferdwûn rjochting rioel. Noait mear gerin troch de keuken mei drippend ôffal. Gjin tiidferlies, mar inkeld efficiency. Dit wie dè oplossing om alle troep fuort te wurkjen: ideaal gewoan.

Doe't it program ôfrûn wie, siet se – effisjint as altyd – al mei har opskriuwboekje klear om de gegevens te notearjen dy't se nedich hie. Dêr hiest it : 'Kitchen utensils: Chopboy waste-goods'.

De kompjûter woe wol om lyk en doe't se 'chopboy' yntikke wie it bingo! In lange list mei ynformaasje rôle oer it skerm. Deule, se fûn ek dealer-adressen yn Nederlân.

De oare deis belle se it dealer-adres dat neffens har it tichtste by wie. Fjouwerentweintichhûndert euro ynklusyf fersonken goatstien, eksklusyf ynboukosten en eksklusyf BTW. Sekuere Saskia maalde der net om en pleatste in oarder.

Fannemoarn hie der dan sa'n handige Henky by har oer de flier west dy't har Chopboy-ke pleatst hie. De ôffier hie noch wol in hiel o-heden west, mar no hie se dan ek in wurkblêd om har fingers by ôf te slikjen.

Tiid foar in kop tee. Se hie sa'n sikehûskraan, dy'tst mei de earmtakke yn wurking stelle koest. Dat betsjutte wer minder hântaasten op it metaal omdat se der net mei de fingers oan hoegde te kommen. Wat hie se it dochs yn streken.

Mei in yntins gefoel foar klasse aktivearre se har siedend slurfke en hold der in teeglês ûnder. Oei, se fergeat eefkes dat de hjitte fan it siedende wetter it hiele glês gleonhjit makke. Au. Mei in gjalp liet Saskia it glês kletterjend yn 'e goatstien falle. Glês stikken, mar dêr wie oerhinne te kommen.

Mei in spaan fan heechweardich keunststof manûvrearre se de stikken glês rjochting Chopboy. No soene je ris wat belibje, hoe gau 't se fan dy glêsskerven ôf wêze soe. Floepsty, dêr begûn har fynknypmantsje al te draaien. Wol in apart lûd makke dat ding, tocht se noch. Se soe daliks de boekjeboel der eefkes op neislaan.

Se skode de kruk by har kook-eilân wei en joech har twa tellen del mei it ynstruksjeboekje. Dat it hielendal yn it Ingels wie, joech sy as frou fan 'e wrâld fansels neat om. Har eagen fleagen oer de ynstruksjes. *Attention: Please use this highly qualified kitchen utensil only for disposal of organic waste.*

Saskia stode oerein, raamde in bûslampke út it laad en skynde yn de Chopboy op. Se seach bûtste messen en in ferbûgd filterke ûnderyn. Fiiftûzen gûne *down the drain*, en dat foar ien gleske tee.

Floepsty ...

Ilse

It wie sa: froulju hiene no ien kear wat yn 'e harsens
dat krekt ferkeard om siet om dermei kaartlêze te kin-
nen. Ilse wie dûbeld de pineut, want sy doarst net te
autoriden en omt har man fûn dat hy de kop al by it
ferkear hâlde moast, moast sy alle kearen as it fierder
fuort wie as in oere riden, kaartlêze.

Der wiene inkelde froulju dy't der gjin lêst mei hiene,
dy hiene kaartlêzen as hobby. Gesellich in grutte wege-
kaart derby op 'e skoat en mei opsetsin alle lytse dykjes
ôfstrune foar de meast idyllyske rûte. No, sy net. In jûn
fan tefoaren hie se al pine yn 't liif, want wat mear it
misgie en har man tsjin har útfoel, wat minder sy op
'e kaart fine koe.

Sy koe no ienkear net ridendewei kaartlêze, mar as se
frege oft har man de auto eefkes stilsette koe, wiene de
rapen gear. 'Bliksem Ilse, ik kin hjir net stopje, ik kin
net in kant út, sykje no op wêr't wy binne, dat is dochs
net sa dreech, wol?'

Fansels glied de kaart har altyd krekt op it ferkearde
momint fan 'e skoat ôf, of skuorde hy krekt op it plak
dêr't sy it ôfslachnûmer op ûntsiferje moast. Se fielde
har dan altyd krekt de frustrearre buorfrou út 'e tele-
vyzjesearje "Schone schijn". Dy frou koe ek noait kofje-
drinke by de buorfrou sûnder alle kearen mei de kofje te

griemen. Dy frou wie al senuweftich foardat se ek noch mar in slok hân hie. Sa wie 't mei har ek: selffulfilling prophecy. Omdat se deroer ynsiet, gie 't mis.

Der moast dochs wat op te betinken wêze om har ûntspand yn dy ferrekte auto sitte te litten. Dit koe sa net langer. As se de auto allinne al op de oprit stean seach waard se al dwyl yn 'e holle. It mealde har mar yn 'e holle om, hoe't se fan dy freeslike Tantaluskwelling ôfkomme koe.

Op in kear ried se by har skoansuske yn 'e auto nei in trouwerij yn it westen fan it lân. De auto hie in navigaasjesysteem en feilleas kamen se teplak. Dat brocht har op in idee, want it wie hast har man syn jierdei.

Doe't se de garaazje belle om út te finen oft dizze geweldige útfining ek foar har houlik weilein wie, moast de monteur hertlik laitsje. 'Ik kom wol mei in arkbak nei jo ta en dan ynstallearje ik it swikje wol eefkes.'

Doe't it oan Joast syn jierdei ta wie, troande se har jarige Job mei nei de auto.

'Wat no, ite wy hjoed yn 'e auto?' gnyske er.

'Ja, it sil hjir wat oars,' sei se en se draaide it knopke om fan de aldernijste fynst op it mêd fan auto-hawdinkjes en sette daliks de folumeknop aardich lûd. 'Goedemorgen, dit is Ilse, spreek uw bestemming in,' sei de digitale Ilse mei in blikkerich lûd.

'Martiniplein, Groningen,' spriek de echte Ilse fan fleis en bloed yn it mikrofoantsje.

'Toets de postcode en het huisnummer in, alstublieft'.

'Dat meistû dwaan Joast, sjoch, hjir haw ik in folderke fan it ytding dêr't ik in brunsj foar ús beiden reservearre haw, omdat it dyn jierdei is.'

'Mar leave, wat in gedonder, kinne wy net gewoan thús ite?'

Jojo-frou

Har kast hong fol klean. Dat wie fierder net sa by-sûnder, de measte froulju dy't Saskia koe, hiene net te min klean. It aparte by har wie dat de kleanmaten útien rûnen fan maatsje 38 oant en mei xxl. Sy wie in echte jojo-frou: dan wer dik, dan wer tin. Se krige der bytiden wat fan. It kaam derop del dat se trije kear safolle klean hie as normaal.

As se de grutte, wide klean fuortdie, koste har dat kaptalen as se wer tsjin 'e klippen op groeid wie. De lytste, de small-tsjes woe se sawiesa net kwyt. Dêr prakkesearre se net oer. Dy mini-kleantsjes wiene har hoop yn bange dagen. As se it net mear sitten seach om oait noch wer ris slank te wurden, helle se in leuk lyts t-shirtsje út 'e kast en nuver wie it, mar dan fleure se altyd wer op. It koe, sy hie der oait yn past en dat koe wer.

Fansels wie dat in hiele toer en it koste har kaptalen oan ôfslankguod, shakes, poeiers, fetferbrâningspillen, fit-ness-sintra en mielferfangers, mar se kaam dochs ier of let wer op it gewicht dêr't se nei stribbe. Fiifensechstich skattige kilootsjes skjin oan 'e heak: by in lingte fan 1 meter 70 koe dat der maklik op troch.

Mar op de ien of oare wize snapte har lichem noait dat it wizerke op de fiifensechstich stean bliuwe moast. Der wie blykber wat yn dat warbere holtsje fan har dat in sinjaaltsje trochjoech oan dat maachje fan har, dat der bunkere wurde moast. Sy koe der net tsjin op, it wie sterker as har.

As it safier wie, koe se mar gau sjen dat se yn in supermerk kaam, want dan gie it mâl. Pizza's, pasta's, sûkerbôlen, oranjekoeken, pûdfollen drop, muntsjes en gesinsferpakkings sûkeladetabletten en neam mar op. Ien kear thús gie 't op in slinen. O, wat lekker, wat smakke har dit gouden. Net mear fan dat oanfaachsel wêr't sy harsels wikenlang mei ôfstraft hie: dit wie wer iten teminsten: hearlik. Hearlik! Wêrom soe sy harsels dit eins ek ûntsizze moatte? Om dy pear klean dy't har aanst net mear passe soene? It koe dochs wol wat lije, net?

Nee dus, teminsten net by har. Fan in slanke den mei maat 38 wie se wer feroare yn in knuffeloaljefantsje mei maat xxl.

Wie der net wat op te finen, dat se deselde klean drage koe yn meagere en fettere omstannichheden?

As se no gewoan allegear klean makke dy't makke wiene fan super stretsjstof? Wêrom net? Ympulsyf as se wie, pakte Saskia de beurs en fleach nei de stoffesaak. Se lei oan de ferkeapster út wat de bedoeling wie en liet har foarljochtsje oer alle soarten stretsjstof dy't der bestiene. Mar der wie spitigernôch net ien by, dêr't Saskia it gefoel by hie, dat dat no it ultime rek-effekt jaan soe. Se frege nochris om rie. De ferkeapster begûn te laitsjen: der wie noch wol materiaal yn 'e hannel dat se brûkten by it bungee-jumpen. Dêr siet dochs wol sa'n alderûnhuerichste rek yn.

Dat wie it krekt fansels. Se joech de frou opdracht om sokke stof foar har te bestellen. Omdat de ferkeapster der net wis fan wie oft se der wol mear klanten foar krije soe, frege se Saskia oft dy it dan net slim fûn om op syn minst tsien meter yn ien kleur ôf te nimmen. Saskia bestelde daliks fiifentweintich meter swarte bungee-jumpstof.

Ien kear wer thús belle se har freondinne, dy't kûpeuze wie. 'Kinst my ek helpe om in nije garderôbe te ûntwerpen?'

De freondinne wie wol te finen foar wat wylde plannen. 'Ik kom der oan,' rôp se yn 'e hoarn.

Fuort letter siet de kûpeuze al by har oan 'e kofje mei in moarkop. It smakke foar wûnder. It duorre mar eefkes doe wie Saskia har garderôbe al net mear it foarnaamste. De froulju hiene it al oer in hiele "kleding-lijn". En noch even letter praten se ek al pasjonearre oer eksport nei it bûtelân ta, want dêr wennen fansels ek jojo-froulju.

'Hast al in namme betocht foar al dy broekpakken, t-shirts, bloeskes en rokken?'

'Jojolina, hie ik tocht'.

It unifoarm

Jelske wie gek op klean. Net in dei seachst har yn 't selde. Ek ast har fjouwer wike lang alle dagen trofst, soest har nea yn itselde betraapje. Fansels hie se wolris itselde oan, mar dan soarge in sjaaltsje, in ketting, in fleurige hierbân, in jaske of in festje derfoar, dat de outfit der wer krekt eefkes oars út seach.

It aparte wie, dat se it hier altyd fierhinne itselde hie. Har make-up wie ek net bjuster apart, mar har klean nammerste mear. Har klean wiene har besitekaartsje. Se wiene opsichtich en dêrtroch wie Jelske altyd tige oanwêzich.

Se wurke al jierrenlang as bibliotekaresse yn in middelgrutte biblioteek. Prachtich wurk fûn se it. Alle dagen kamen der nije boeken, dy't sy dan kodearje en plestifisearje mocht. Sy makke fan nij twaddehâns, sis mar. Sy ûntnaam boeken harren kwetsberens en makke se striidber. As Jelske de boeken ûnder hannen hân hie, wiene se de lêzerswrâld treast.

It omfoarmjen fan 'e boeken wiksele se sa út en troch ôf mei balywurk. Oan 'e baly liet se har de komplimintsjes oer har klean goed smeitsje. En se makke der graach in soarte fan toanielstikje fan.

As se wist dat frou Hietkamp ienris yn de fjirtjin dagen woansdeis delkaam om in pear nije streekromantsjes,

hie Jelske in siden sjaaltsje yn pasteltinten om 'e hals
drapearre. As wie se in rike boerinne of in nuffige steds-
juffer út ien fan dy boeken. Se geniete derfan as de
steatlike frou har op in foarname wize oanseach, as se
de boeken scanne liet. Frou Hietkamp liet oan de wize
wêrop't se de boeken foar Jelske op 'e baly delflijde, op
in kreas steapeltsje, fernimme dat se it boadskip fan it
sjaaltsje begrepen hie.

Doe't Rubin de Boer okkerdeis lykas alle tongersdeis
om in nije steapel speurders kaam, hie Jelske har read-
learen jaske gau eefkes foar 't ljocht helle. Oan de flik-
kerjende ljochtsjes yn de eagen fan Rubin de speurder,
fernaam Jelske daliks dat se goed siet. Hy wist wat se
mei de klean útdrukke woe. Jelske wist presys hokker
boeken er de lêste kear liend hie. Ien fan de froulike
personaazjes hie in read learen jaske oan as se achter
de boeven oansiet. Soks wist Jelske.

Net dat se harsels fermomme woe of sa. Nee, it wie krekt
as woe se har lêzers noch wat langer yn de sfear fan in
boek bliuwe litte, sy spile dêr in rol yn mei. Der wiene
ek wol lêzers dy't Jelske har sinjalen net opfongen. Foar
sokke ûnbenullen helle Jelske in oare kear dy drokte net
wer út fansels. Se die it allinne foar minsken dy't har
spul meispylje woene en it op wearde wisten te skatten.

Op in moandeitemoarn yn juny hiene de biblioteek-
meiwurkers in bûtengewoane wurkbesprekking. Op

lanlik nivo wiene der nije ôfspraken makke foar it biblioteekwêzen. Sa no en dan berikten de haadfestiging klachten dat it personiel net goed werkenber wêze soe. Allinne in nammespjeldsje mei it logo fan de biblioteek, waard net foldwaande achte. De nije hússtyl fan de bibleteken moast net allinne yn foldermateriaal en briefpapier syn beslach krije. It personiel soe ek werkenber wêze moatte.

Dêrom wie lannelik besletten dat de meiwurkers bedriuwsklean krije soene. Foar de manlju moaie kobaltblauwe broeken en in mintgrien boesgroen. Nei eigen ynsjoch al of net in strik foar. Foar de froulju bestiene de bedriuwsklean út in kobaltblauwe rôk, mei dito festje en in mintgriene bloeze, en in sjaaltsje mei it logo fan de bibleteek derop printe.

It wie as krige Jelske in klap tsjin de holle: in unifoarm. Sy, Jelske, soe alle dagen yn itselde omrinne moatte. As in bern op in Ingelske kostskoalle soe se dei yn, dei út opdrave moatte yn kobaltblau en mintgrien.

Hoe moast it no mei frou Hietkamp en mei Rubin de Boer en mei al dy oaren, dy't altyd by har kamen om de boeken ôf te stimpeljen? Se fielde dat se net goed waard, doe't se hearde dat der nei ôfrin fan de gearkomste gelegenheid wêze soe om de maten op te nimmen en dy yn te foljen op kostúmformulieren.

Se koe it net foarinoar krije om de formulieren yn te foljen. Sa wyt as in doek socht se de húskes op. Yn de spegel seach se har ûntheistere gesicht. Se plaske der in pear hannenfol kâld wetter tsjinoan en dipte it gesicht wer droech mei in pear papieren handoekjes. In unifoarm. Se skodholle. Dwangbuis soene se bedoele. Alle dagen soene foar har kobaltblau en mintgrien wurde. Dy kleuren allinne al!

Nee, se folde it formulier net yn. Se die it net! Sy wegere. Se koe ûnmooglik sûnder har streekjepak, koltrui, t-shirt mei lange mouwen, sigeunerrôk, topke, a-symmetrysk festje, kolbert-jaske, t-shirt mei koarte mouwen, learen jaske, mini-rokje en neam mar op. Moatst begripe: moarn kaam Karin om itensiedersboeken. Dy koe se dochs net yn mintgrien har boeken oerlangje? Dêr soe se har paprikagriene wikkelrôk foar oandwaan en har framboas-rôze topke mei in applikaasje fan eksoatyske fruchten derop!

Dat soe yn 'e takomst dus noait wer kinne. As in beskimmele mummy moast sy tenei har wurk dwaan. Allinne noch wat mei sa'n ûnnoazel sjaaltsje omgûchelje, dat koe noch. Hjoed mei de knoop nei links, moarn nei rjochts, en oaremoarn yn 'e midden.

Nee, sy net, dat ferpofte se. Se makke har tsjinst ôf en rûn doe't it har tiid wie om fuort daliks nei in útstjoerburo en liet har ynskriuwe as boekeferkeapster.

Kolibry

No hie se dochs in moai dinkje kocht by de drogist! Sa'n handich apparaatsje hie Wilma noch noait earder sjoen. Se hie it demonstraasjemodel lizzen sjoen, it yn 'e hannen krigen en wie daliks mei in ferpakt eksimplaar nei de kassa sutele. Dit wie no krekt wat! Sûnt se de lêste tiid gauris lêst hie fan bliedend toskfleis, hie se in hiele samling toskestokers, ynterdentale boarsteltsjes, floss-tried mei en sûnder pipermuntsmaak en toskeboarstelersguod foar gefoelige tosken oantúgd. In hiel gemiter sa stadichoan, mar ja, as se dêr de komst fan keunstklappers mei útstelle koe, die se it derfoar fansels.

Mar goed, sy hie fannemiddei wat yn 'e stêd omdangele en hie it dinkje lizzen sjoen yn de etalaazje fan sa'n grutte drogisterij. Sy deryn. Op it skap mei toskeguod ta. Dêr lei er: de kolibry. In elektryske flosser en toskestoker yn ien. In nije manier om gau en maklik it gebit skjin te meitsjen. Gjin geklier mear mei alderhanne los ark: ien lyts skattich apparaatsje yn de foarm fan in lyts fûgeltsje mei in lang en skerp snaffeltsje dat alle ûngerjochtichheden samar tusken de tosken weiplukke koe. Rûtsdy. Wat in fynst om sa'n hânsum dinkje te betinken.

Wilma koe hast net wachtsje oant se thús wie om har nije oanwinst út te probearjen.

Se fytste as in raket nei hûs, sa benijd wie se nei de wurking fan it floss-fûgeltsje. Se toskeboarstele, pakte in hânspegel en brocht it apparaatsje yn stelling. Fol spanning drukte se op it knopke. Foardat se der euvelmoed yn hie skeat it skerpe útein dwers tusken de rûmte tusken twa tosken troch streekrjocht it rjochterwang yn.

Au, blikskaters, dit wie wol wat oars as de houten prikjes dy't se wend wie om te brûken. Dit moast mei ferdrach dien wurde. It foel har wat ôf, want se hie der mear fan ferwachte. No ja, foart itselde hie it in útkomst west foar har, no hie se him teminsten útprobearre.

Se soe ris op 'e kompjûter sjen oft se der noch mear ynformaasje oer fine koe. Teloarsteld oer har ympulsive oankeap, starte se de kompjûter op. Se beseach it toetseboerd ris goed. Smoarch ding eins, brrr. Inkeld sette se de stofsûgerslang der wolris op, mar dat holp net ôfdwaand. Hiest fan dy smoargens dy't oansette oan 'e toetsen. Koest der ek net mei in skerp meske tusken, want dan hiest yn 'e koartste kearen krassen op 'e toetsen.

Doe kaam de tosketramtearder har ynienen yn 't sin. Dat wie 't. Fansèls. De kolibry! Se pakte it stekdinkje, plante it sprytsje sekuer tusken twa toetsen en drukte op it knopke. Dzzzz, dêr gie er. Ja hear: alle brut kaam los. Foarsichtich hold se it toetseboerd skean oerein, sadat de lospeutere rommel op it buro foel.

Mei in doekje fage se de ûnbestimde ôffalprodukten fan it burooblêd. Dit gie sa moai as wat. Eins wie it smoargenssliperke in gat yn 'e merk. Ast it goed yn dy omgean lietst: der wiene fansels tûzenen minsken dy't ek sa'n oergroeid toetseboerd as har hiene. Tûzenen? Miljoenen! Wa hie langer net in kompjûter?

Se gloeide derfan en wist net wat se sa gau earst of lêst dwaan soe om har ideeën út te wurkjen. Se sette har triedleaze toetseboerd wer teplak en soe in bestân iepenje. Ferhip, die har toetseboerd it net. Wêr wie de kursor? Kaam fansels omdat se it toetseboerd op 'e kop hân hie. Moast se no earst de batterijen oplade, krekt no't har eigen batterijen oan 'e nok ta opladen wiene mei briljante ideeën oer in ûnûntdutsen gebiet yn 'e kompjûterwrâld?

Ryk soe se wurde kinne en as se it wat handich oan-pakte: smoarryk. Handich wipte se de batterijen derút en treau se yn 'e oplader. Dat duorre earst wol in pear oeren.

Hoe soe se it toetseboerdmasyntsje neame? Toetsesû-gerke? It dinkje moast ek in oare foarmjouwing ha fansels, it moast der net mear as in tropysk nektar-sûgjend skepseltsje útsjen, want dan koene se har wol oankleie foar it stellen fan in konsept.

Se prakkesearre har it apesoer en alderhanne gedach-ten fochten om foarrang. It mealde har op 't lêst, want as se ien kear in idee hie dat út te fieren wie, dan wie se net mear te hâlden. Se rûkte de winst gewoan, dit wie echt sa'n apparaatsje dat manlju ek wol oantuge soene, dit wie avansearre ark, hjir koest as man mei foar it ljocht komme.

Froulju koene der ek goed mei oer de wei, want dy wiene lykas sa faak folle bedreauner yn de fine motoryk. Sy koene it ek maklik meinimme yn 'e tas en .. Hea, it wie fansels ek in feninich wapen foar mei op stap. As froulju har bedrige fielden, hoegden se allinne mar in taast yn 't taske te dwaan. By ûnrie it knopke yndrukke en dzzzz, it ferjeifûgeltsje in feninich pripke útdiele litte. Wer ris wat oars as in knypsitroen of in laserpinne.

Hoe moast se oktroai oanfreegje foar sa'n multy-tapasber stekgefaltsje? Se lei it skriuwblokje foar har del op 'e keukenstafel en skreau op: stekding, oktroai, doelgroep, etui, € 9,95, dzzzz...

Kaptein Rob

Se hie froeger wolris ferhalen heard dat gefangenen brieven mei houliksoansiken krigen fan wyldfrjemde froulju. Dat hie se altyd ôfdien as kroechferhalen, mar no't Marike sels as penitinsjêr meiwurkster aktyf wie, seach se mei eigen eagen dat soks echt bestie.

By har op 'e ôfdieling siet in fint dy't har in boskje brieven sjen litten hie dy't neat te rieden oerlieten. Nettsjinsteande dat de takomstige brêgeman in wapene rôfoerfal op syn gewisse hie en noch wol in moai protsje jierren fêst sitte soe. 'Sy is moai smoar op my, wat ik dy brom,' hie er laitsjend sein.

'Allinne sa spitich datst noch sok lang wurk hast mei it brommen,' hie sy it near derop lein.

'Gelokkich haw ik dy yn de tuskentiid,' hie er doe mei in glimke sein.

Oft se no woe of net, dochs fielde se har flaaike troch sa'n opmerking. Hy liet har ek net alhiel kâld. It wie in geweldich moaie man om te sjen. It type Clint Eastwood yn syn bêste jierren, mar dan sûnder cowboyhoed en sûnder spoaren oan 'e learzen. No ja, en dizze hiene se it blafferke ôfnaam, fansels, want oars wie er net heal los fertroud. Se betrape har der op dat se sûnt dat petearke suver hope dat sy oan bar wie om syn groep werom te bringen fan de rekreaasjeseal nei it selleblok.

Yn de hantlieding foar froulike meiwurkers stie mei grutte fette letters skreaun dat de froulike meiwurkers derom tinke moasten wat de uterlike fersoarging oanbelange. Gjin ekstra knoopkes los, gjin oerdiedige make-up, en gjin parfum op. Neat dwaan wat ek mar yn de fierste fierte opfette wurde kinne soe as útlokjen.

Marike wist mar al te goed hoe't it yn 't boekje stie en dochs koe se it net litte om in dripke parfum oan te bringen op de strategyske plakken.

Doe't ien fan har manlike kollega's dêr in opmerking oer makke, hie se har der fan ôfmakke. 'Myn dûsskûm rûkt wat skerp, dat sa'n lucht sa lang hingjen bliuwt, net?' En dat hie er pikt.

Hjoed wie it tige waarm waar en neffens har koe it dêrom gjin kwea en doch in ekstra knoopke fan har ljochtblauwe unifoarmbloeske los. Neffens har wie der noch neat te sjen, noch net iens in begjintsje, mar se waard der al wer op oansprutsen troch in kollega.

'Toe no ju, stel dy net oan, aanst fal ik derhinne fan 'e waarmte, dan is it dyn skuld.' Sa hie se har der handich fan ôfmakke.

Dat it dêr op dy hichte dynamyt gelyk wie, hold se mar foar har. Gelokkich seine se neat fan har bilpartij. Sûnt in skoftsje luts se alle kearen in push-up slip oan dy't de rûningen fan har billen better útkomme liet.

In optriuwbroek wie 't eins. Sy hie trije fan dy dingen oantúgd en soarge altyd dat der ien skjin wie dy't se oan ha koe nei 't wurk ta.

Krekt as eartiids op liftfakânsjes, dan naam se ek altyd trije ûnderbroeken mei: ien oan, ien skjin en ien yn 'e wask. Dat hiene fan dy deeglike reis-ûnderbroeken west.

Dat fan dy push-up ûnderbroeken wie troch Rob kaam. Ja, Rob, sa hiet er. Oars soe sy der net oer prakkesearje om soks oan te dwaan, mar no griep se alle mooglikheden oan, om har sa moai mooglik te meitsjen.

Mar de mooglikheden wiene beheind, want se koe net ûnder har unifoarm út, dêr siet se oan fêst. Sy koe allinne mar effekt skoare ûnder it unifoarm. Under de klean wie 't in minefjild gelyk, want as er it weage en reitsje har oan: oehoe, *fire*, lykas yn it ferske fan The Pointer Sisters. It wie suver in sport foar har wurden om it ûnsichtbere sichtber te meitsjen.

Earlik sein skamme se har der wol om, om har sa op te doffen foar ien dy't it net fertsjinne hie, mar se die 't wol. Earst hie se har tsjin it gefoel ferset, it negearre, mar dat slagge op 't lêst net mear. As se him op in oar plak troffen hie, dan hie se har al folle earder gean litten. Dan hie se helte earder smoar op him wurden. No hiene der earst izeren traljes foar sitten. Mar dy echte traljes wiene by har al lang omsmolten ta tinkbyldige traljes. Op 't stuit seach se dy ek al net iens mear, se woe mear. Se koe net langer sa tsjinnatuerlik reagearje op dizze man, op Rob, har Rob. Se stie net mear foar harsels yn, de tiidbom stie hast op nul.

It wie safier. Oft Marike no daliks Rob Nijkamp begeliede woe nei sel nûmer 69. It hert jage har yn 'e kiel, it swit bruts har oan alle kanten út. Koe se dit oan? Se moast, se koe gjin oarders fan hegerhân wegerje. Rob ophelje ...

'Rob Nijkamp, ik haw oarders krigen datst werom nei de sel moatst, giest mei?'

'Mei dy altyd, sûkerpopke.'

Sûkerpopke. Dat wie in ôfdijer. Hy kaam dúdlik út in oar miljeu. Mar dochs bûnze har hert troch, dat joech net om sokke wurden. Swijend rûn se neist him troch de gongen dy't tusken de rekreaasjeseal en syn sel sieten.

Senuwachtich skode se de befeiligingskaart troch de gleuf. De doar sûsde iepen. Doe't se beide teplak wiene, toetste se in koade yn.

Hy hie har beet eardat se it trochhie. Hy tute har fûl op 'e mûle en besocht syn tonge by har nei binnen te wrotten.

Fan skrik liet se him even gewurde, mar doe skeat ynienen troch har hinne wêr't se mei oan 'e gong wie. Mei in fûle triuw smiet se him fan har ôf, treau de kaart troch de gleuf, stevene fuortdaliks troch nei har tiimlieder en liet Rob smeulsk laitsjend yn syn sel achter.

Sa profesjoneel mooglik lei se út dat it har tiid wie om oerpleatst te wurden. It wie samar regele. Robberdebob moast mar moai mei syn brievemokkeltsje trouwe as it safier wie.

Theobroma

'In swiere burn-out, sorry dat ik it sizze moat.'

'Mar dokter, ik kin eins net út it wurk wei en thús ek net en mei myn frijwilligerswurk...'

'Dat is it him no krekt mei jo, jo sille leare moatte om 'nee' te sizzen. As minsken jo ergens foar freegje, sille jo tydlik jo eigen belang foarop sette moatte.'

'Ja, mar as ik no...'

'Ik soe jo wol nei in ûnbewenne eilân stjoere wolle, mar earlik sein leau ik dat jo dan noch net ta rêst komme soene. Yn 'e koartste kearen soene jo dêr al wer in saak opset ha mei it ien of oare ynheemske smarseltsje of sa.'

'No nergens om, dokter, mar binne hjir gjin medisinen foar?'

'Foar jo is der mar ien medisyn: de stekker derút: jo moatte bekomme, ta rêst komme, ûntspanne, jo deljaan. Dat hie ik jo de lêste kear dat jo hjir wiene ek al oanret, mar blykber ha jo dat advys njonken jo dellein. No is it safier hinne, dat alle piid derút is by jo. De akku is folslein leech!'

'Jo kinne wol sizze: ûntspanne, dokter, mar dan kom ik thús út myn wurk en dan stiet it oanrjocht fol, of der lizze kranten oer de flier, of de wiete wask is net út 'e masine helle... De oaren rinne gewoan troch, dy wolle it net sjen.'

'Dan rinne jo ek mar troch.'

'Dan wurdt it dochs in grutte rotsoai yn 'e hûs?'

'Wat ha jo leaver: in rotsoai by jo yn 'e holle of yn 'e hûs?'

'Jo spylje it wol hurd, moat ik sizze.'

'Ja, ik probearje jo derfan te oertsjûgjen dat it roer om moat, oars moatte jo aanst opnommen wurde. Mar hjir wie fannemoarn in frou dy't folderkes brocht fan in nije klinyk, doe moast ik daliks oan jo tinke, earlik sein.'

'Mar ik hoech nò dochs noch net opnommen te wurden, wol dokter?'

'Dit is mear in ferwen-klinyk foar oerspande froulju. As der ien baat by ha kinne soe, binne jo dat wol. Ik sil sjen wêr't de assistinte de folders litten hat. Wachtsje hjir noch mar even.'

En sa kaam Jouk mei in kleurige folder de sprekkeamer wer út. Thúskaam makke se foar harsels in Senseootje klear en krige de folder út 'e tas. Yn gedachten draaide se it telefoannûmer.

'A goeie, it is mei Jouk Praamstra, praat ik mei ien fan Studio Theobroma?'

'Ja hear, jo prate mei Eelkje van der Mei.'

'Ik ha krekt in folder meikrigen fan ús húsdokter, dy't my jo klinyk oanret hat. Hy fynt dat ik eefkes opnommen wurde moat, omdat ik it wat te drok ha en sa.'

'Dan is de klinyk krekt wat foar jo.'
'Wat is it eins dy klinyk fan jo?'
'As jo fannemiddei dizze kant út komme, kin ik jo der alles oer fertelle.'

Dy middeis fleach Jouk nei har nije foarlân. Om te begjinnen die Eelkje har omstandich út de doeken wêrom't se mei har klinyk begûn wie. Eins hie it foar de hân lein, om wat mei har passy te dwaan. Fan har hobby har wurk meitsje, dat wie dochs prachtich? No, Eelkje hie ien grutte hobby, of eins twa as se deroer neitocht: kofje leute en sûkelade opsmikkelje.
It hie eefkes ferfelend west om de minsken by de bank te oertsjûgjen fan har folslein nije berop, mar nei it skriuwen fan in skitterjend ûndernimmersplan hie se it jild dat se nedich hie dochs loskrigen.
En sûnt fong Eelkje yn Studio Theobroma froulju op dy't wurch wiene, of fertriet hiene, of gewoan lêst fan 'e hormoanen hiene. De froulju krigen earst in bakje treast, mei in browny en in hânmakke bonbon.
Yn 'e behannelrûmte hong altyd in swiete sûkelade-lucht, dêr soarge se wol foar. Sy hie har studio net om 'e nocht Theobroma neamd, de botanyske namme foar kakao, letterlik "goadespiis".
It genietsjen fan de lekkere dingen yn 't libben moast wer werom jûn wurde oan froulju dêr't eefkes gjin piid mear yn siet. De froulju moasten hjir foaral net oan 'e

lijn tinke, mar harren sels tastean om echt te geniet-
sjen fan kofje en sûkelade.

'Yn ús tiid bliuwe de mienings ferdield: in protte mins-
ken beskôgje kofje en sûkelade as net-sûne geneuchten.
Mei in knauwend skuldgefoel wurdt sûkelade opsnas-
ke, want it is lekker, mar net goed, min foar de sûnens,
tinkt men. Mar ûndersiken dy't de lêste tiid hâlden
binne, wize hiel wat oars út.'

Entûsjast gie Eelkje fierder oer de ferskate rapporten
dêr't yn te lêzen stie dat sûkelade mooglik beskerming
biede koe tsjin hert- en faatsykten en dat kofje wê-
zentlik bydrage koe oan de foarsjenning fan wichtige
fiedingsstoffen. Dat der kafeïne yn kofje siet, wist in
bern al. Mar dat der ek fitamine B3, kalium, magne-
sium, izer en mangaan yn siet, tja, dêr hie sy no har
studiootsje foar betocht.

Wat der allegear wol net yn sûkelade siet wie gewoan-
wei net te leauwen. Elk wist dat der ryklik kaloryen yn
it brune goud sieten, en dy kaloryebom soarget al gau
foar in skuldgefoel, as de sûkelade behaffele is. Mar sy
hold har klanten foar om dat ferfelende aspekt hielen-
dal te ferjitten en iepen te stean foar de goeie dingen
út sûkelade.

Sy lei út dat sûkelade 'eins in mirakel' wie. Sûkelade
wurdt net om 'e nocht in love drug neamd. It meast
kenmerkende bestânddiel fan sûkelade, fenylethyla-
mine, liket hiel bot op in gemysk stofke dat ús harsens

oanmeitsje by ferealens en dat stofke makket gefoelens fan lust en gelok yn jin wekker.

Boppedat sit der magnesium yn. In soad froulju ha gauris krekt foardat se ûngesteld wurde in tekoart oan dizze stof en dat ferklearret de moanlikse pyk yn it ferlet oan sûkelade. Dan sitte der noch flavonoïden yn 'e sûkelade en dat stofke ferminderet de foarming fan bloedstolsels en kin de kâns op in hertynfarkt fer-leegje. Neffens de gelearden jildt dit skaaimerk allinne foar de bittere, de donkerste sûkeladesoart. As lêste, net ûnbelangrike stof, sit der ek noch theobromine yn: in stof dy't de senuwsellen aktivearret en in op-wekkende wurking hat.

Dat wol allegearre noch net sizze dat kofje en sûkelade gjin inkeld skealik effekt ha kinne. Sadwaande koe se har klanten net samar oansette ta in ûngebreidelde Sûkof-sesje. Nee, sy, Eelkje, die it tuike-tuike, sy fuorre har kliïnten lytse bytsjes tagelyk fan de alderhearlikste kofje- en sûkeladefariëteiten en se knapten der allegear fan op.

Jouk fûn it hearlik om de wurdefloed oer har hinne gean te litten. It foldie har wol om sels no eefkes neat te hoegen. Sy mocht harkje nei dizze sûkeladeferhalen en fierders alles ferjitte.

Sy fearre nochris yn 'e kessens en seach Eelkje belang-stellend oan, doe't dy har wat frege.

'Moatte jo hearre, frou Praamstra, ik praat der no wol hieltyd oer, mar sil ik aanst net ris wat fan dy hearlike sûkelade foar jo ophelje, as ik aanst kofje set? Dan bin ik hjir daliks wer, hear.'

'Ja, oars wol, it is goed bedoeld hear, mar fan bargefleis en sûkela krij ik altyd sokke grouwe pûkels. Ha jo dêr ek in aparte behanneling foar?'

Sydsulver.nl

Karla hie no dochs wer in moaie web-site ûntdutsen. Samar tusken alle dating-sites stie ynienen in nijen: www.sydsulver.nl. Hielendal te gek. Se hie har fuortdaliks ynskreaun en har opjûn foar de earste sydsulverjûn. It wie dizze sneontejûn al, dat trof omraak. Se siet der hielendal fol fan.

As drokbesette sakefrou hie sy it net oan tiid om wiidweidich te daten mei Jan en alleman. Op blinddates wie se finaal ôfknapt. Mar ja, se fûn it dochs net ûnaardich om wer ris wat oan 't hantsje te hawwen, dat sy strúnde gauris ynternet ôf nei nijsgjirrige dating-sites.

Dit prinsipe spriek har geweldich oan. It gie sa: op sa'n sydsulverjûn hiest tritich manlju en likefolle froulju. De manlju sieten yn in grutte rûnte en de froulju rûlearren by al dy manlju del.

It like in soad op in stuolledûns, allinne hoegdest no net daliks by ien op 'e skoat te ploffen, dat kaam miskyn letter by in ferfolchôfspraak, haha.

Krigest trije minuten de tiid om mei elk te praten, dan gie der in lûdsinjaal, paktest dyn skoarekaart en foldest in ja of in nee yn by de man dêr'tst krekt mei praat hiest. Dan giest nei de folgjende persoan. Hiest tritich kear in petearke hân, dan koest oan 'e bar noch eefkes bekomme. It sydsulverburo naam de skoarekaarten yn, fierde alle resultaten yn 'e kompjûter yn en socht de "matches" derút. Hiestû in man in "ja" takend, dy't dy tafallich ek wol in "ja" ta ha woe, dan krigest syn mail-adres thússtjoerd. Dan koest sels witte watst diest.

Trije minuten mei ien prate, wêr koest it dan allegear oer ha? Sy mocht wol in fragelistke foar harsels betin-ke fan wat sy wichtich fûn oan in skarrel. Neffens it dating-buro wie trije minuten echt genôch om in byld fan immen te krijen. Der hie earst fansels wer in so-sjaal-psychologysk ûndersyk west en dêr hie út bliken dien dat de minske mar ien minút nedich hat om in yndruk te krijen fan de oantreklikens, styl en status fan in persoan. It earste dêr't ien om tinkt is de útstrieling: de eagen, hoe't ien laket en hoe't er formulearret.

No't se der goed oer neitocht, fûn se it iennige neidiel datst op in mail wachtsje moast. Ast krap yn 'e tiid sitst, wolst fansels sa gau mooglik in flam ha en hast der fansels gjin nocht oan om trije dagen letter krekt te fernimmen oftst byt hân hiest.

Karla prakkesearre der nochris op om hoe't se nei dy tritich praatsessys daliks al teplak koe. Rûnst fansels it risiko om in blautsje te rinnen ast drystwei op de man dy'tst wol sitten seachst, ôfstaptest en sokssawat seidest as: 'No, hoe liket it?' As hy dy in "nee" tabedield hie, dan stiestû dêr yn dyn eigen hunkerbunker mei gefoelens dy't net beäntwurde waarden. Se soe har der earst mar ris oer beriede wêr't har nije flam neffens har idealiter oan foldwaan moast.

Karla rûn nei it buro en krige in notysjeblok en in pinne. Se fûn in fint in leuke man as er a) lekker iten meitsje koe, b) de alvestêdetocht in pear kear op redens of op 'e fyts folbrocht hie, c) de televyzje fuortdondere hie, d) syn eigen wask die, e) wolris in boek lies, f) aktyf yn 't ferieningslibben wie en g) as lêste, mar eins as earste: him ek goed rêde koe tusken de lekkens.

Dy sneons soarge se derfoar dat se har krekt foar achten melde oan 'e baly en hastich de seal ynstrûsde. De seal like helte grutter as oars. Se dûkte gau har taske yn om har bril op te fiskjen. Mei de bril op seach se dat de skowand iependien wie. De útlis fan it partnerspul gie fierhinne by har lâns. Wêrom skeaten se net op? Ungeduerich skeaten har eagen by de rûnte mei sittende manlju del. Wat die se hjir, wat in poppekast. Allegear fan dy sneinsferklaaide keardels, dy't foar ien kear de wite sportsokken ferruile hiene foar in pear donkerblauwe sokken mei 'Goofy'. Fan dy deagoeie stakkerts dy't in snjitter aftershave oer har hinne sproeid hiene, mar fergeaten om te toskeboarsteljen, wylst se krekt bûtendoar noch as in wyld stien hiene te smoken.

Fan in tafel koene alle froulju in skoarekaart en in pinne ôfpakke.

It startsein gie, in superslank frommeske stie der, echt
wier, mei in stopwatch by.

Gau socht Karla har listke. De bril skode se yn 't hier,
want oars koe se der neat fan lêze.

Beret stapte se op de earste man ôf en seach daliks dat
dit him net wurde soe.

'Hoi, ik bin Karla, wa bistû?' sei se ûnder it sitten
gean.

'Ik bin Kees en ik fyn dit dea-eng.'

'Hee, in man dy't oer syn gefoelens doart te praten.
Gûlst ek wolris?'

'Jasses, gean do mar gau fierder, ik ha gjin nocht oan
sa'n jank-tryn.'

'Jank-tryn? Wêr hast it oer?'

'No, fan myn foarige freondin moasten wy altyd oer
inoars gefoelens prate en dêr bin ik finaal op ôfknapt,
ik wol jûns gewoan gjin geseur oan 'e kop.'

'Witst wat, Kees, ik jou dy in nee, ok?'

Nûmer twa.

'Hoi, ik bin Karin, wa bistû?'

'Ha dy Karin, Jaap hjirre.'

'Moatst hearre, fraach ien: wat dochst hjir?'

'Itselde as dy, tocht ik sa: in date skoare.'

'Bist net sa'n fuotbalfanaat, wol?'

'Hoe dat sa, fanwege dat skoaren soms? Nee, ik bin gjin
fuotbalfanaat.'

'O, gelokkich, want ik moat neat fan fuotbaljen ha.'

116

'No, dan trefst it net, want ik bin al keeper by Blau-Wyt.'

Karin kromp yninoar, krúste in dikke nee oan, en wachte har beurt ôf by de folgjende man.

'Hoi, ik bin ... Hé, Johan, bistû dat, nee hin?'

'Karin, bistû noch net troud, dû hiest dochs altyd mei Jan Zantema?'

'Dat is al tiden út ju, mar dû bist dus ek noch frij?'

'Available, haha.'

'No, dit is my wol in moaie bak, om myn sânbakfreon-tsje op in dating-klub tsjin it liif te rinnen.'

'Ja, sis dat wol. No, hoe liket it Karin, my place or yours?'

'Fijn, sa'n man dy't trochpakt!'

'Sille wy ús mar gau útskriuwe litte?'

'Soene se in sânbakleafde wol snappe?'

'Wat kin dat skele, ik wol wol graach wer eefkes mei dy boffertsjebakke.'

Strinkje

Thea hie okkerdeis in freondinnewykein en dêr hearde ek in fikse sjopperij by. Sy hie al in skoftke in prachtich krytstreekje-pak op it each, mar it oant no ta net oan past om't it aardich oan 'e priis wie. Se koe harsels te goed; as se it ien kear oan hân hie, dan soe se foar de bile gean. Boppedat koe har baas net oer streekjes, dêr waard er dwyl fan, sei er. It testbyld-idee. It begûn him dan spontaan te grimeljen foar de eagen, hy krige der pineholle fan.

De froulju stiene der lykwols op oan dat se it paste. Dy baas moast de oare kant mar útsjen as er by har op 'e keamer kaam, en yn it kofjeskoft koe er better neist har sitten gean, en net foar har oer, dan hie er teminsten gjin lêst fan syn streekjefoby.

Sy wie om, want it wie wol in ferrekt moai pak. Soks hie se no altyd al sin oan hân, en soms moasten je gewoan ek ris keapje wat je echt moai fûnen.

'Jim ha eins ek gelyk, ik sil it oanpasse,' sei se. Har baas frege har op it lêst ek net om klean foar him út te sykjen dy't sy moai fûn.

It pak siet as getten, mar omdat se der sa moai yn paste, wie har ûnderbroek ek dúdlik te sjen. Dy tekene, sa't dat sa ferfelend hiet. 'Kinst it pak wol keapje, mar dan silst oan 'e string moatte,' hie it kommentaar west. Dy

hie elke moderne frou dochs langer, bearden har freon-
dinnen om it lûdst. Hie sy dan net fan sokke dingen,
dêr't je in hiele protte fan tagelyk yn 'e waskmasine ha
kinne? Echt net?

Nee, dy hie sy net, en sy kocht no earst it pak, en sa'n
string, dat soe se letter dan noch wolris besjen.

De jûns, doe't de froulju allegear oan in wyntsje op 'e
hotelkeamer sieten en se ien foar ien de jachttrofeeën
út 'e kleurige plestik tassen helle hiene, hie ien fan
harren ynienen in rôze string út in tas wei tsjoend. Dy
hiene se stikem foar har kocht.

Dy moast daliks past wurde, woene de froulju ha. Mei
it wetter foar de dokter, sa fielde it sawat. Se gie der
mei nei de badkeamer en luts har nije tenu oan. Foar
de smelle badkeamerspegel beseach se harsels. It stie
prachtich, dat moast se tajaan, mar it siet beroerd.
It ding luts har yn 'e naad. Doe't elk beard hie oer de
moaie snit, de soepele stof en de fleuch, wist se net hoe
gau't se it ûnding wer útdwaan moast.

'Toe ju, strinkjebei, skik eefkes wat op,' koe Thea net
litte te sizzen doe't se in maklik joggingpak oandien
hie en wer oanskowe woe. De oaren wiene yntusken
mar fêst oan de tredde flesse wyn begûn.

'Strinkjebei, is dat net in oar wurd foar reade bei?'
galme Monika troch de keamer.

'Nee, nee, ik wit it: strinkjebeien dat binne wy mei

allegear mei-inoar yn in string,' raasde Sigrid der boppe út.

'Ja, dat is it, hup froulju, allegear in string oan en op 'e foto. Krekt as op dat billboard fan Sloggi. It sil no heve!' lake Thea, dy't no foargoed oer in drompel hinne wie.

'Mar wa nimt de foto dan? Wy moatte der mei ús fjouweren op,' begûn Sigrid.

'No, dan freegje wy dy ober dochs eefkes, Koos, of Kees, hoe hiet dy jonge?' reagearre Thea wer.

'Nee, dat is te idioat. Hoe diest dat froeger mei in gewoan fototastel?'

'Mei de sels-ûntspanner fansels. Ja dat is 't.'

'No froulju, allegear in string oan, kom op. Ha jim allegear ien mei?' frege Thea.

De froulju begûnen te stammerjen.

'No, nee, eins net nee.'

'Eh, ik ek net.'

'En dy fan my wie yn de wask. Leau 'k.'

Minimalist

Wat hearlik! Katja hie alles wer oan kant: de wask, it strykguod, it dweiljen fan 'e plavuizen, se hie de boadskippen helle en teplak set, post sortearre en beändere, it bêd opmakke en de rûchste stofnêsten fuorthelle. Se weefde oeral altyd handich mei ôf, fûn se. Alles wer fijn oersichtlik: nergens brol, nergens lei wat oerstallichs, alles wat der lei of stie, hie in doel, hie nut, sis mar. Krekt lykas achter de skermen by in toanielstik. Alles wat dêr skynber oerstallich lei, hie in doel en soe fan pas komme yn it stik. No allinne dy trije folle sinesapeldoazen noch oan kant.

Sûnt de komst fan 'e kompjûter wie har libben der noch ordintliker op wurden, want se hoegde no nergens mear papiertroep te bewarjen, útsein it âld papier. Wie der in dokumint of oantekeningen dy't se bewarje woe, dan lei se it oanbelangjende papier ûnder de scan en makke gewoan in nij mapke oan yn 'e kompjûter en sloech it op. Sa naam it gjin plak yn en joech it gjin rommel. Se moast allinne goed ûnthâlde wêr't se alles ûnder opsloech, want as se ris wat neislaan woe, moast se gjin oeren kwyt wêze om it op te djipjen út 'e krochten fan har kompjûter. Salang't se op harsels wenne, hie se oars net dien as skiftsjen en oprêden. Mei de boel ôfweve wie in twadde natuer foar har wurden. En sy hie wat fuortgoaid al dy jierren: net allinne reklamebrot, ferpakkingsmateriaal en oar ôffal, mar ek klean, aansichtkaarten, soksoarte guod, dat oare minsken fanwege de oantinkens bewarren. It ferline die der net ta foar har, se libbe no. Se hoegde nearne om te tinken, koe sa de doar út gean: besit hie se ommers net, ja aldergeloks al in pinpas, al stie der by har noait net folle op. Troch it ynternetbankieren hoegde se de bankôfskriften langer ek net mear te bewarjen, wat in útkomst wie foar har.

Yn 'e keamer stie in opklapbêd dêr't se har jûns hearlik op deljaan koe om te lêzen, of om nei in cd-tsje te harkjen. Yn it haltsje wie in doar nei de badkeamer dêr't in dûskabine en in sweevjend toilet yn makke wiene. In steapel handoeken en wat ûnderguod bewarre se yn in kastje yn 'e gong. Toskeboarstelje die se by de keukenkraan.

De keuken wie hiel ienfâldich ynrjochte: in twa-pits-gasstel mei derûnder ien keukenkastje foar twa itensiederspannen, in pankoekspanne, twa boarden en twa stiks bestek, twa bekers, in skerp mes en in skjirre. Dat wie it. No ja, se hie ek noch in houten ôfwaskboarstel en in fleske ôfwaskersguod. Dat brûkte se foar alles en dat gie bêst. In lytse bar mei twa barkrukken wie alles wat der fierder yn 'e keuken te finen wie.

In tafel hie se net nedich, televyzje die se net oan en der hoegde om har ek neat oan 'e muorre. De krante lies se mei de buorlju, dat as se dy út hie, wie se dêr ek wer ôf. Har fyts stie bûten tsjin it sket. In bykeuken of in hokje hie se net.

Reklamefolders smiet se daliks by it âld papier. Boeken en cd's liende se fan 'e bibleteek.

In waskmasine hie se net, se brocht har wask nei de waskerette. Alles wat in oar minske yn 'e kuolkast sette soe, plante sy yn har lyts kelderke, moai út it sicht. Dêr lei se it âld papier ek del en guod dat se sa deistich nedich hie en net yn 't sicht ha woe te lizzen. Oaren fûnen it soms wat ûngesellich by har, omdat se der gjin planten of húsdieren op nei hold.

Sy wie der lykwols sels gek op, sa'n rûmte. Se hie wolris tocht dat it mar goed wie dat se net op in frachtskip wenne, want sy soe alles heechstwierskynlik daliks oerboard miterje. Alles wat sy net alle dagen hoegde te brûken, wie ballêst, oer en tefolle, en koe dus wol fuort.

Sa wie 't ek mei manlju. Dy hoegde se ek net alle dagen te brûken. De kelder hie noch in moaie tuskenoplossing west, mar in man yn 'e kelder fûn se dochs wat ûnhuer. Hie se ris in skarrel, bêst, as er mar net hingjen bleau. Se wist krekt hoe't it dan gie: der waard in ûnbidige wykeintas by har yn 'e keamer delsoald en foardat se it ek mar heal yn 'e gaten hie, lei, stie en hong oeral wat. Yn in omsjoch. Se koe der net oer as der earne wat lei. Dan moast se dêr hieltyd mar nei sjen. Steapeltsjes en bultsjes: se griisde derfan.

Fannemiddei stiene har heit en mem ynienen op 'e stoepe mei dingen fan froeger. Dy hie har mem altyd foar har bewarre, mar no't se nei in lytser hûs ferhuzen, woe se it wol kwyt. Dat kaam har min út, mar se doarde it ek net wegerje. Se woe it eins daliks wol fuortmiterje, sûnder der fierder nei om te sjen. Mar it wie fiersten tefolle om yn 'e kontener te dwaan, dat paste noait in kear.

Wat dy frou net bewarre hie, it wie yn 't mâle. De earste skuontsjes, it earste toskje, it boekje fan it konsultaasjeburo, it earste hierlokje. En har mem mar sammelje al dy jierren: tagongskaartsjes, bernetekeningen, rekkenskriftsjes, opstellen, útnoegings foar jierdeifeestjes, aansichtkaarten, kaaihingers, stikkers, posters, wurkstikken, allegearre yn trije grutte sinesapeldoazen.

Se soe it daliks mar opbrâne, dat mocht wol net om it miljeu, mar der mocht wol mear net. Se helle lúsjefers út 'e keuken, tôge it guod achter yn 'e tún en liet it fjoer syn wurk dwaan. Sisa, dat hie se ek wer oan kant.

Doe't se krekt wer yn 'e hûs wie, belle har mem, mei in heimsinnich lûd as ien dy't op it punt stiet in ferrassing te fertellen. Oft se it al fûn hie? Katja frege wat der dan tusken sitte moatten hie.

'Och leave, mem hie der in spar-ynskriuwing by dien fan 10.000 euro. Heit en ik tochten, dan kin se it hûske einliks ris wat ynrjochtsje.'

124

Metro

Mei in ûnbestimd gefoel rûn Trea nei it stasjon. It wie fan dat gûlderige waar: net fûl reine, mar ek net droech, suterich wie it. Se soe noch wol eefkes wachtsje moatte. Dat hiest jûns no ienkear, dy ferhipte treinen dy't mar ien kear yn 'e oere gyngen.

Gelokkich hie se in boek mei koarte ferhalen by har. Dat hie se harsels oanwend as se wist dat se wachtsje moast. Earst sa stadich mooglik nei it stasjon rinne, dan in plakje ûnder de oerkaping útsykje en steandewei lêze. Sadree't de trein it stasjon binnenried, ynstappe en dan yn 'e trein fierder lêze. Mar safier wie 't no noch net.

Se betocht hoe't se as lyts famke har fuotten yn 'e nekke lizze koe en dêr altyd in protte sukses mei hie. Oant it yn de puberteit ris in bytsje út 'e hân rûn wie. Se hie har doe om in weddenskip op in feestje yn in lyts nachtkastje proppe. Se hie it oprêden, se hie harsels dûbelteard yn it kastje, mar koe der dêrnei net wer allinnich útkomme. De heit fan de jonge dêr't it feestje hâlden waard, hie it kastje mei in hammer útinoar slaan moatten om har te befrijen. Dêrnei wie se dermei ophâlden. Wêrom moast sy dêr no dochs ynienen wer oan tinke?

Ynienen seach se it: in ein fierderop stie in griene krantebak foar de spitskrante: oan de foarkant iepen en fierders ôfsletten. Oan it begjin fan it perron hie ek sa'nien stien en doe hie se der ek oan tinke moatten. Dizze kastjes wiene fan metaal, wol kâld fansels. Se lake yn harsels doe't har de bynamme wer yn 't sin kaam, dy't har freonen foar har betocht hiene: Fakir-Trea. Idioat fansels, want in fakir docht hiele oare dingen, mar "Slangemins-Trea" soe wol te lang west ha.

Se rûn op it griene kastje ta, stuts de holle deryn en beseach hoefolle rûmte oft der ynsiet. It kastje wie moai leech, alle kranten wiene fansels daliks moarns yn 'e spits al oprekke. Soms hiest wol dat minsken der rommel yn smieten, dy tochten dat it in ôffalbak wie. Mar dizze wie moai skjin. Se gie der fansiden tsjinoan stean, stuts de earm út en meat de ôfstân om te sjen oft it koe. It moast maklik kinne, dit kastje wie danich grutter as it houten nachtkastje dêr't se har de lêste kear yn opteard hie. Se wie net grouwer wurden en noch sa linich as in lekken, dat it moast maklik kinne. It iennige ferfelende wie, dat der oan 'e foarkant twa rânen sieten. Sy snapte wol dat soks sa dien wie dat de kranten der net útfalle koene, mar se wie bang dat dy rânen skerp wêze koene.

Hoeden fielde se mei de rjochterhân hoe't it metaal oanfielde. Kâld, mar net skerp. Se seach op 't horloazje, Fakir-Trea hie tiid by de rûs. Foarsafier't se sjen koe wie der net ien dy't nei har seach. Elk hie it te drok mei syn eigen trein, mobyl of ego. Se seach mar ien probleem: wêr liet se salang har rêchsek? Se loerde om har hinne, nee, se koe min oan in wyldfrjemd freegje oft dy har tas salang eefkes beethâlde koe. Se hearde it harsels al útlizzen: 'Ja, ik moat mysels eefkes opteare, dan past myn tas der net by yn, sjoch.' Nee, dat moast mar net. Ho ris, se lei him salang boppe op it kastje. Klear.

As fanâlds die se de skuon út, strûpte de jas út en lei dy yn in kreas bultsje foar it kastje del. Sy wie der klear foar. It wie dochs wol spannend, se hie it op 't lêst in hiel skoft net dien. Se oefene noch gau eefkes hoe't se de earmtakke fan de linker earm krúslings oer de rjochter side slaan moast. Doe betocht se har net langer en flijde harsels yn it griene krantegefal. It wie eefkes stinnen, mar se rêde it op, sy siet kreas oprôle yn har lytse húske.

Oe, dit wie wol nau.

Trea woe tsien tellen sitten bliuwe foar de kick en soe harsels dan wer útinoar teare. Se hearde ien laitsjen en hearde sa'n bytsje tagelyk it lûd fan ien dy't mei in rappe hânbeweging de tas fan it kastje raamde.

'Lekker sliepe,' hearde se.

'Hee,' koe se mei in smoard lûd útbringe. Mear slagge net, want se koe omtrint net sykhelje yn dy neare rûmte. In bytsje hurdhandich liet se harsels fansiden falle, kaam lokkich heal op 'e jas telâne. Se gie stean, mar fernaam daliks dat har skonken sliepten. Doe't se om har hinne seach oft se ek ien seach mei har tas, betocht se dat se har bril yn 'e tas hie. Omdat it sok reinich waar wie, hie se de bril ûnderweis ôfset en yn it kokerke stoppe.

Fansels seach sy net ien mei har tas: de dief wie as it spoar daliks it hoekje om draafd, de stêd yn.

In pear skaafplakken op 'e earms hie se fan de hurd-hannige ûntknoping oerhâlden. Se fielde har in âld-krante gelyk.

Al hie de jas aardich te lijen hân fan de smoarge ûnder-grûn, hy lei der teminsten noch. Wat noch folle wichti-ger wie, har beurs mei it treinkaartsje siet noch kreas yn 'e binnenbûse achter it ritske. En dy rêchsek wie al skoften oan ein, de iene gesp wie stikken en it ritske oan 'e foarkant wie lam. It mânske beliedsplan dat yn 'e tas siet, wie wol wer oan te kommen. Dan hie sa'n dief ek ris wat bestekliks te lêzen; it gong oer sosjale feiligens, yn 'e folksmûle oer "enge plekken".

Dêr rûn Fakir-Trea – sûnder tas – yn de rjochting fan it perron dêr't har trein yn 'e fierte al oankaam.